衛斯理小說典藏版60

命運

衛斯理
親自演繹衛斯理
《命運》

新之又新的序言，最新的

衛斯理小說從第一次出版至今，歷時已近半世紀，總共出了多少正版，還能計得清，若是連盜版一起算，那就算找外星人來算，也算勿清楚哉！不知能不能也算世界紀錄。

算得清好，算勿清也好，能幾十年來不斷出新版，說明不斷有讀者加入，對作者來說，沒有更值得高興的事了，謝謝所有喜歡衛斯理的人，謝謝謝謝。

倪匡

二〇二〇年六月四日 香港

幾句話

寫了四十多年小說，論者將拙作分為三個時期：早、中、晚。在明窗出版的一批，屬於早期和中期的上半。三個時期的創作風格有相當程度的不同，所以風評不一。本人並無偏愛，但讀友對早期的作品，頗有好評，大抵是由於在早、中期作品之中，主要人物精力充沛，活力無窮，所以使故事曲折多變，小說也就格外吸引。明窗出版社此次重新出版這批作品，正好讓大家來證明這一點。

四十餘年來，新舊讀友不絕，若因此而能有新讀友，不亦快哉！

二〇〇五年十一月六日

序言

重新校訂《命運》，又是高興，又是吃驚——所發的許多議論，竟然和基督教的《聖經》中的文字，接近之至。而當時在定下這些見解和假設時，對《聖經》一無所知！

例子之一，故事中提到了「有一隻怪形杯子」的比喻，且看以下一段《聖經》：「有誰抗拒他的旨意呢？你這個人哪，你是誰，竟敢向上帝強嘴呢？受造之物豈能對造他的說，你為什麼這樣造我呢？金匠難道沒有權柄從團泥裏拿一塊作貴重的器皿，又拿一塊作成卑賤的器皿麼？」

羅馬書第九章十九——二十二節

故事的結尾，結論是：當事人絕無反抗和表達什麼意見？

不能，什麼也不能！

一九八七年四月一日

衛斯理（倪匡）

前言

在敘述《命運》這個故事之前，先說說命運。

什麼？《命運》不是說命運的嗎？「命運」是這個故事的題名，可以說命運，和命運有關的種種；也可以不是。究竟《命運》說的是什麼樣的故事？還是那句老話：看下去，自然知道。

不論怎樣，先來說說命運。

世界上，宇宙間，奇妙的事雖然多到不可勝算，但是決不會比命運更奇妙。

命運存在嗎？彷彿又虛無縹緲，不可捉摸。命運不存在嗎？卻又彷彿世上所有的人，都受着命運的左右。

（不但人受命運的左右，所有的生物，有生命的，也都有「命」運。甚至沒有生命的物質，也有它們的命運，每一種生物或物質，都有命運在播弄。）

任何人最關心的，當然是自己的命運，尤其是想解答一個問題：我將來會怎麼樣？

也就是說，人最關心的，是自己將來的命運。

將來會怎麼樣呢？在生命歷程中，會發生什麼事？是不是可以通過某種方法，預先知道自己的生命歷程中將來的事？

這是第一層次的問題群，這一連串的問題，答案也很難確定。

若說沒有，古今中外，不知有多少方法傳下來，可以推算一個人的未來命運，單是在古老的中國，方法之多，層出不窮，有看相（面相、手相、身相、骨相等等）、有排八字（根據一個人的出生時刻推算未來），還有各種各樣的推算法、占卜求籤，大方法中變出各種小方法，真要統計一下，子平、紫微、梅花神數……至少可以數出一百種以上。

方法是有的，這一點可以肯定。有的方法十分複雜，不但需要相當高深的學識，而且也需要玄學上的靈感和才能，有的方法十分秘密，不是諳此術者，根本不能窺其門徑，連邊都沾不到。

但是問題又來了，根據這一切方法，推算出來的未來命運，準嗎？算出來如此就如此？

於是，問題群進入了第二層次。

未來的事，就是還未曾發生的事。

一件事，不論多麼簡單，那都是表面現象。事實上，一件再簡單的事，都極複雜，和千千萬萬的因素有關，千千萬萬的因素，結合起來，才產生一件簡單之極的事情。

舉一個例子：走進快餐店，買一隻漢堡包，把這隻漢堡包吃下肚子去，那是多麼平常簡單的一件事！每天都不知有多少人在做，很少有人從那麼簡單的事情中，去深一層想想這其實是多麼複雜的一件事。

漢堡包用麵粉製成，麵粉是由什麼人製造出來？麥子是在什麼樣的情形之下種出來？牛肉的來源又怎麼樣？洋蔥自然來自農田，但如果恰有一隻害蟲，蛀蝕了那隻洋蔥，自然會被拋掉，當然你還可以吃到一隻漢堡包，但也已經不是那一隻了，有了微小的不同。

微小的不同，就是有變化，必須承認這一點。

也就是說，這隻漢堡包，到你的口中，是上億個因素結合起來形成，只要其中一個因素不同，整件事就不同了，雖然同與不同之間，相差可能極微，但不同就是不同！

再舉一個例子，若干年前，在香港的半山區，在一個暴風雨之夜，山泥崩瀉，以驚人的破壞力，把一幢十二層高的大廈，徹底摧毀，造成了巨大的災害，有不少人，慘被埋在倒坍了的大廈和崩瀉的山泥之中，喪失了生命。

不幸罹難的人，自然命運差極。但是也有很幸運地逃過了巨災的人在。逃過了災劫的人，看來是不應該逃過的，而不幸死亡的人，其實應該是可以逃得過的。

兩個小故事，可以使關心自己未來命運的人感到興趣，看了之後，也可以好好想一想。

第一個是遭了難的：一位年輕人，約了女朋友外出，可是臨時，由於風雨實在太大，就臨時取消了約會，逗留在家裏。結果，大廈傾坍，遭了不幸。

他推辭約會之前，一定曾考慮過，當時外出還是不外出，決定於一念之間，而一念之間，就決定了他的一生命運。因素也不是在他一個人那方面，若是他的女朋友堅持一下，也就可以影響他的決定，那麼，他未來的命運，就又是另外一回事了。

暴風雨不可測，形成一場暴風雨，不知有多少因素，自然的因素，再加上人的因素，種種因素湊合起來：就是那麼巧。

第二個故事的主角，是一個幸運的少婦。這位少婦當時正有孕在身，在暴風雨之夜，忽然想起要吃某種食品（據説是一種麵包），於是就駕車離家，去購買這種麵包。當她冒着風雨，買了麵包，再駕車回去時，整座大廈已經消失，而她雖然震愕絕倫，卻也逃過了被壓死的噩運。

她決定是不是要冒着風雨去買麵包，一定也曾考慮過，而決定去還是不去，也只不過是一念之間的事，可就是這一念之間，決定了她一生未來的命運。

或許有一句老話可以套用：「命不該絕」。這是承認命運存在的説法，説起來相當玄：命不該絕的，自然會在一念之間，決定外出，命裏該絕的，就會留下來。

但是，為什麼呢？沒有答案，有，也還是一句老話：命裏注定。

這種命裏注定的説法，忽略了眾多因素的存在，是一種太過簡單的説法。像那位少婦，她忽然想起了要吃某種食物，自然是因為她懷孕，那是孕婦某種生活上的特徵之一。如果她未曾懷孕？自然一切都改變了，而就算是生理正常的男女，懷孕也是一個複雜無比的過程，她恰好懷孕了，命運就不同，如果她沒有懷孕，自然又不同。

所謂前因後果，前因有千千萬萬，恰好是那樣，才有那樣的結果，前因稍有一項變動，結果就不同。

所以在理論上說，要藉不論是哪一種方法，推算未來的命運，都必須把所有的前因，全部正確無誤地推算出來，才能達到唯一的正確結果。

前因既然牽涉的範圍如此之廣，有可能一一了解清楚嗎？更何況每一個前因的形成，又有上億的形成這個前因的因素在，牽扯開去，若用數值來表示，簡直就是無窮大，實在無法計算——那便在理論上，也無法確立可以計算的可能！

好了，就算有某種方法，真可以囊括一切，推算未來；或者，像我在《天書》中記述的那樣，地球上在進行的一切，只不過是一種「鏡子反射」，早已在遙遠的其他地方發生過的，那自然也可以藉着早已發生過的紀錄，來知道將來發生的事。

好了，就算未來命運真可以推算出來，那又怎麼樣？接下來的，自然進入了問題的第三層次。那就是：知道了未來的命運，能改變嗎？若是不能改變，知道了又怎麼樣？

再用上面那兩個例子，那位青年，若是通過了某種方法，早已知道他會在傾坍的大廈中被壓死，他自然不會再在那晚上留在家中，誰也不會明知要壓死而還留在那裏等死。

所以，他會離開。

所以，大廈傾坍時，他不會被壓死。

結果是：他沒有死在那次災難之中。

那麼，就是推算不準確了，因為推算，算到他要死在那次災難之中。這是一個相當有趣的邏輯問題：如果算出來的結果可以改變，那麼算出來的結果，就絕不準確，不但不準確，而在大多數的情形之下，還會截然相反。

而如果推算出來的結果準確無誤，那就不會更改，不能變動。然而，那就是對一個已知道了自己未來命運的人最痛苦的煎熬。在《叢林之神》這個故事中，就曾對一個有預知能力的人的痛苦，作了一句傳神的描寫：「生活就像是在看一張翻來覆去、不知看了多少遍的舊報紙，乏味到了極點！」

既然，預知未來命運，只有兩個可能：（一）不準確！（二）準確，但痛苦莫名。

那麼，為什麼還是有那麼多人，幾乎是所有人，都那麼焦急地想知道自己的將來？

將來終歸會來，任何人，走完自己的生命歷程，都可以清清楚楚知道有什麼事曾發生。

但是，所有人，古代的、現代的，焦急地要提早知道。

關於人的未來命運，是否可知，大體上的情形，就如上述。

我記述的故事，很少有那麼長的前言。這洋洋數千字的前言，是我一次和若干大學生的談話：受過高等現代教育的年輕人，對玄學上的事發生興趣，想聽聽我的意見，所以才有了這一次談話。當時所舉的例子還要多，但現在為了急於記述《命運》這個故事，所以從略。

那次談話結束，有一位青年問：「那麼，衛斯理先生，你的結論是什麼呢？」

我的回答，可能不能使發問者感到滿意，但是那是我唯一的答案。

我的答案是：「我沒有結論。我的意見已經簡單地表達了出來，大家也不能在我的意見之中，得出任何的結論。」

那位青年又道：「那麼——」

我打斷了他的話頭：「是的，那麼，什麼是命運，命運是怎麼一回事，我沒有結論。」

談話結束之後不多幾天，就開始發生了我如今名之為《命運》，要記述下來的那個故事。

以下，才真正是《命運》的開始。

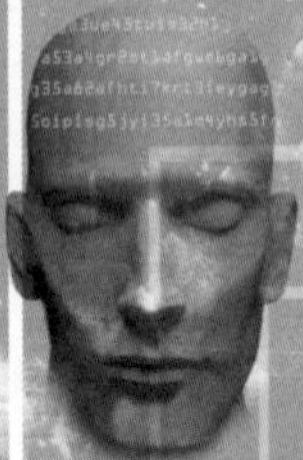

目錄

命運

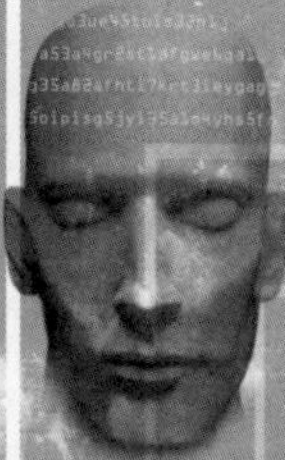

目錄

命運

第一部

石頭上的怪紋路

春霧極濃，我處身於一個最不應該在的所在：在一艘船上，普通的中型遊艇，而那艘船正在海面上。

濃霧在海面上整團地緩緩移動，一團和一團之間，又互相糾纏，整個天地間，就只是茫茫矇矇的一片。根本已經無「能見度」可言，那艘船不到二十公尺，我在船的中間，看不到船首和船尾。而我知道，離最近的岸邊，至少有二十公里。

這樣壞天氣，我會在一艘船上，在海中航駛，這實在有點不可思議。

當濃霧一團團撲面而來，溫暖而潮濕的空氣吸進肺裹，我真的莫名其妙，為的是一樁奇特的事，我會立刻詳述這件事。

海面上十分平靜，船身輕輕晃動，四周圍除了海水所發出來的輕微的「啪啪」聲之外，靜到了極點，人的視覺和聽覺，彷佛全失去了作用，這是一個十分適合於靜思的環境，也不會有什麼不可預料的危險發生。

可是，一來，我不適宜靜思，我會為了追尋一件事的前因後果，而採取行動，而很少靜思。二來，這件事，無論從哪個角度來看，都無從作任何的設想。

事情是怎麼發生的呢？唉！

嘆氣儘管嘆氣，還是得從頭説起。

一個在飛速發展中的城市，如果從高空來觀察的話，新的建築物，簡直就如同春天竹園中的筍，一幢一幢平地而起，而且一幢比一幢更高聳。

新的高樓，有的是拆掉了舊建築物，在原來的地點造起來，也有，是在原來根本沒有建築物的地方造起來。

我在濃霧中，置身於小船上，和城市建築，又有什麼關係呢？

看起來，一點關係也沒有，但實際上，卻還真大有關係，要從頭説起。

那天下午，聽完了白素自法國打來的長途電話，她父親的健康略有問題，她趕去探視。在電話中，她説老人家的病勢有好轉，那就表示，我可以不必去了。才放下電話，雙手反抱在後腦，把身子盡量靠後。近幾日來，有一個問題一直在困擾着我，我要好好想一想，才會有結論，可是牽涉的範圍又太廣，而且問題的本身不是很有趣，所以有點提不起興致。

就在那時候，電話鈴聲又響了起來，我拿起電話來，聽到了一個又興奮又急促的聲音在問：「衛斯理先生在嗎？」

那是一個陌生的聲音。我的電話號碼，就算不是秘密的那個，知道的人也不是太多，而我也不是太想聽陌生人的電話。

因為很多陌生人的電話，都不知所云。例如他們遇到了什麼「怪事」，硬要把那件「怪事」講給你聽之類。所以我一聽到是陌生聲音，我立時道：「他不在，到北非洲去了。」

那陌生的聲音「啊」了一聲，顯得相當失望，我也就放下了電話。不到一分鐘，電話又響了起來，我再接聽，才應了一下，就聽到了「哈」的一聲：「北非洲？明明是在你的書房。」

我認出那是一個少年人的聲音，會打電話給我，而又用這種語氣的少年人，除了溫寶裕之外，不會有第二個。我悶哼一聲，一時之間，還不知他又在搗什麼鬼：「什麼意思？你把我電話號碼隨便給人？我已經為你更換過一次電話號碼！」

溫寶裕急忙分辯：「完全有必要，不是隨便給人。」

我又悶哼了一聲：「速速道來，長話短說。」

溫寶裕答應了，說：「我舅舅是建築工程師，最近在一個島上，由他負責，要建造一組房子——」

我聽到這裏，已故意大聲打了一個呵欠，以示沒有什麼興趣。

溫寶裕傳來了一下苦笑聲：「求求你，請聽下去，造房子先要開山，那島上的山很多，有的山，為了開拓地盤，必須開山劈石，把它移走——」

我「嗯」地一聲：「可是在開山的過程中，開出什麼寶物來了？」

我這樣說，自然是譏諷他，誰知道他的聲音聽來極認真：「還不知道是不是什麼寶物，可是真的值得研究。」

我笑了起來：「小寶，那你就去研究吧，別推薦我，世界上值得研究的事，實在太多了。」

溫寶裕急道：「你──」

可是我沒有再給機會讓他說下去，就掛上了電話。

看！有很多人說，我似乎特別容易遇上怪異的事，其實有時，真是推也推不掉。第一個電話，自然是溫寶裕做建築工程師的那個舅舅打來的，我沒加理會，第二個溫寶裕打來的電話，我也沒給他說下去的機會，那麼，應該是不論什麼事，都和我無關了。

可是不然。

就在我又開始思考那個不是很有趣，但足以造成困擾的問題，才集中了精神不久，門鈴響起。

書房的門開，我可以聽到老蔡開了門，和來人的對話。

來人在要求：「我要見衛斯理先生。」

老蔡問：「衛先生約你來的？」

來人道：「不是，只是有一樣東西，來源很特別的，想請他看一看。」

老蔡也習慣了應付這類事件：「好，請你把東西留下來，在適當的時候，我會轉交給他。」

通常，來人總還要糾纏一番的，這次也不例外：「能不能讓我親手交給他，我想向他解說一下，發現那東西的經過。」

老蔡應對自如：「你把東西留下來，衛先生看了，如果感興趣，自然會和你聯絡。」

我聽到這裏，已經把才集中起來的思緒，完全打亂，心中不禁有點惱怒，而就在這時，電話又響了起來，我抓起電話，再一次聽到了溫寶裕的聲音：「我舅舅到了嗎？那東西是不是很值得研究？」

本來已經心裏不是很高興，再一聽了這樣的電話，不快之感，自然更甚，我立時道：「你很快就會從你舅舅那裏知道！」

我放下電話，走出書房，下了樓梯，來人還在和老蔡絮絮不休，我來到門口，一下子拉開了老蔡，用極不友善的目光，瞪向來人。來人見我來勢洶洶，不由自主，後退一步。我看到他是一個三十歲左右的青年人，相貌很俊美，有點像溫寶裕，身形不是很高，可是很紮實，一手提着一隻旅行袋，一手提着一隻公文包，看起來，有幾分像是推銷員。

他自然看出了我來意不善，所以立時陪着笑臉：「衛先生，你說到北非洲去了，原來是開玩笑。」

我看到他這樣子，倒不容易發得出脾氣來，只好笑道：「先生，多幾個像你這樣喜歡來找我的人，我看我該躲得更遠才是。」

來人連聲道：「對不起，對不起，可是這件事……這件東西……」

我嘆了一聲，知道向他說我另外有事，很忙，沒有空，全沒有用。因為每一個人的心目中，都只認為自己的事最重要，人是一種極度自我中心的生物，看來多少得花點時間才行了。

所以我作了一個手勢，令他進來：「好，小寶說你開山的時候，發現了一些什麼，你快拿出來看看吧。」

我實在不想多耗時間，所以連給他自我介紹的機會都不肯。

那青年人走了進來，先把旅行袋放在几上，看起來好像很沉重，接着，他打開了旅行袋，我已經看到，旅行袋中是一塊石頭。

這時，我不禁又好氣又好笑，什麼寶物，原來是一塊石頭，開山開出一塊石頭來，也要拿來給我看，我有三頭六臂，也不夠應付！

這時，我臉色自然要多難看，有多難看，那青年向我望了一眼，立時低下頭去，不敢再看我的臉色，一面把那塊石頭，自旅行袋中捧出來，一面像是在喃喃自語：「小寶告訴我說，衛先生你的脾氣……很大，不喜歡人家打擾，可是，事情實在很怪。對不起，真對不起。」

我只好嘆了一聲，看着他把石頭取了出來，石頭大約和普通的旅行袋差不多大，不規則，有一面十分平整，他就指着那平整的一面：「衛先生，請看。」

我早已看到了，在一面有深淺不同的顏色，構成了一幅似畫非畫、似圖案非圖案的形象，看起來，有四個柱狀物，比較高，還有一些圓形的、方形的組成，絕無特別。

我不禁又嘆了一聲：「看到了。」

那青年人道：「這上面顯示的情形，看在別人的眼裏，當然不值一顧，可是在我看來，卻是世界上最奇怪的事。」

我譏諷地道：「哦，你練過慧眼，能在一塊石頭莫名其妙的花紋上，看出盤古開天闢地的情景？」

青年人漲紅了臉，囁嚅道：「不，不，衛先生，請你看一看，這上面的花紋，像什麼？」

我真是忍不住冒火：「像什麼？什麼也不像！」本來我還想發作一番，有不少人，喜歡把石頭上的花紋，牽強附會一番，像什麼像什麼，真正像的不是沒有，出產在中國雲南的大理石，就有些花紋極像是某些東西。

類似的附會多的是，所謂像是「山水畫」的，無非是一些曲線。但是我實在懶得多說，所以說了「什麼都不像」，就沒有再說下去。

同時，我心中還在想，這個青年人，比我熟稔的一個叫陳長青的朋友，還要誇張，見到了一塊有花紋的石頭，竟說什麼在他看來，那是「世界上最奇怪的事」。

青年人一面連聲答應：「是，是。」一面又手忙腳亂地打開公事包來。

我知道趕也趕他不走，索性豁出去了，看他還能有什麼花樣玩出來。我交叉手臂看着他，只見他打開公事包，取出了一張和公事包差不多大小的相片，黑白的，送到我面前：「衛先生，請你看看這張相片。」

我向相片看了一眼，相片上黑白的明暗對比，就是石頭上的花紋，我自己也有點對自己的耐心表示驚奇，居然聲音還不是很高：「哦，你拍了相片，我已經看過實物了，何必再看相片？」

那青年陡然吸了一口氣：「你……也有同樣的感覺？我還以為……只是我

一個人，你看起來，相片拍的就是這石頭上的花紋？」

聽得他把一個有明顯答案的問題，這樣鄭而重之地問，我不得不再看那相片，又看了那塊石頭，點了點頭。青年人現出極興奮的神情來：「衛先生，你說這不是世界上最奇怪的事麼？」

老實說，一直到那時為止，我一點也看不出事情有什麼奇特之處，我冷冷地看他：「看來，要人覺得事情奇怪，你還得好好編一個故事才行。」

他又連聲道：「是，是。哦，不，不，不必編故事，我只要解釋一下就可以，這張照片，並不是對這塊石頭拍下來的，而是對另外一張照片拍下來的，請看。」

正當我還未曾弄明白他這樣說法是什麼意思之際，他又取出了另外一張同樣大小的彩色照片來，那張彩色照片，一看就知道是一個住宅區，位於海灣邊上，有高低不同的各種建築物，海水碧藍，拍得十分好，大可以拿來作為明信片之用。

那青年人在繼續解釋：「我特地用黑白軟片，而且在拍攝之前，把輪廓弄得模糊些，弄出那張黑白照片的效果——」他才講到這裏，我已經不由自主，發出了「啊」地一下低呼聲來。我自他的手中，把那張彩色照片取了過來，和黑白照片對比着，的確，黑白照片上本來看不清是什麼的陰影和明暗對比，和彩色照片一比，就可以知道，那些全是建築物的輪廓。我再一次發出了「啊」地一聲，又把那張黑白照片，湊近那塊石頭，對比一下，兩者之間，完全一樣！簡直就像那張照片，是對着這塊石頭拍下來的！

一時之間，我不知怎麼說才好，一塊開山開出來的石頭上，有着花紋，乍一看來，一點意義也沒有，但是實實在在，和一張照片上所顯示的各種高低不同的建築物、大小位置、距離布局，一模一樣。

這事情，真是古怪之極。

我呆了片刻，指着那張彩色照片：「這是什麼地方拍來的？」

那青年道：「對一組模型拍，作為宣傳之用。」

我皺了皺眉，他再解釋：「一個財團，計劃在一個島上，建築一個住宅中心，由我負責總設計，再根據設計圖，造了模型，顯示建築完成後的景色，照片就是對着模型拍的。」

我揮了揮手，問道：「這是你的設計？」

他道：「是。」

他指那兩幢高房子：「這是兩幢大廈，高三十八層，這是一連串獨立的洋房，這個半圓型的，是一個購物中心，那邊長尖角形的，是體育館，還有那兩個突出的，是計劃中的碼頭……」

他一直解釋，每提及一項建築物，就在彩色照片上指一指，然後，再向那塊石頭上的花紋指一指，凡是彩色照片上有的建築物，在那塊石頭平整一面上，都以較深的顏色顯示出來，經他一指出之後，看起來，石頭上的花紋，簡直就是藝術化了的那個住宅中心的全景，絲毫不差。

我又呆了半晌，才道：「太巧了，真是太巧了。」

那青年人緩緩搖頭：「衛先生，只是……巧合？」

我側頭想了一想：「石頭上，事實上，每一塊石頭上，都有顏色深淺的不同，由於顏色深淺的不同，會構成一種圖案——」

他點頭：「我明白你的意思，這種花紋，有時會湊巧像一件物體，或是某種動物，甚至是一個人，這種情形，在變質巖的大理石中最常見，可是這塊石頭是花崗巖，花崗巖中有花紋，怎麼會和我所作的設計，一模一樣？」

我也感到迷惑，幾乎想問他一個蠢問題：你是不是見到了這塊石上的花紋之後，得到靈感，才作了這樣的設計的。

但是我當然沒問出口，只是問：「這塊石頭——」

他道：「我看到這塊石頭的經過，也偶然之極——」

他略頓了一頓，我不免有點前倨而後恭：「貴姓大名是——」

他忙道：「是，是。我竟忘了自我介紹，我姓宋，宋天然。」

我道：「宋先生，請坐下來慢慢説。」

他坐了下來：「整個工程，如今還只在整理地盤的階段，開不少山，現階段，我不必常到工地去。三天之前，我只是循例去看一下，那天霧大，船的航行受了阻礙，所以遲到了一小時。我每次巡視，都只是一小時，我的意思是說，如果那天沒有霧，船沒遲到，我早已走了，不會發現這塊石頭。」

我「嗯」地一聲：「是，一些偶然的因素，會影響許多事情以後的發展。」

宋天然突然問了一句：「那麼，是不是所有的事，冥冥中自有定數呢？」

我笑了一下：「很難說，但從另一個角度來看，一件事發生了就是發生了，不必去猜測如果不是這樣發生，會如何發生。因為事態不像已發生了那樣，可以有無數種別的形式。」

宋天然沒有再問什麼，繼續講下去：「上了岸，到了工地，了解一些情形後，恰好開山的爆破工程正在進行，所以就等着，等到爆炸完畢，土石崩裂，塵土和煙霧冒起老高，警戒撤除，我就和幾個工程人員走進了爆破的現場——」

他講到這裏，向我望了一眼：「我是不是說得太……囉唆了一些？」

我忙道：「不，不，你由你說。」

由於事情確然有其奇特之處，我倒真的很樂意聽他講述發現那塊石頭的經過。

宋天然又道：「爆炸崩裂下來的石塊，大小形狀不同，堆在一起，已經有好幾輛車子，準備把它們運走，去進行軋碎，在建築工程展開之後，可以用來做建築材料，我向前走，恰好有一架鏟土機，鏟起了大量石塊，機械臂旋轉着，就在我面前不遠處轉過，我偶然看了一下，就看到了這塊石頭。」

他說到這裏，用手向几上的那塊石頭，指了一指。然後，又深深吸了一口氣：「衛先生，我看到那塊石頭的機會之微，真是難以計算。」

我「嗯」地一聲：「遲十分之一秒，或是早十分之一秒，你就看不到了。」

宋天然道：「而且，當時還要那塊石頭有花紋的一面剛好對我，我才能看到。」

我道：「是，發生的或然率不論多麼小，發生了就是發生了。或許還有些石頭上的花紋更古怪，但由於被發現或然率低的緣故，所以未曾被發現。」

宋天然認真地考慮了一下我所說的話，看他的神情，像是不很同意，但是卻也無法反駁。

他繼續說下去：「我一眼看到了那塊石頭上的花紋，由於我曾花了將近一年的時間來從事設計，整個住宅中心的藝術設計，也花了兩個月的時間。我對我自己長時期的工作，自然留有極深刻的印象，所以我一看到石頭上的花紋，就震驚於它和整個建築群排列的相似，我就叫停了鏟土機的司機，把那塊石頭搬了下來。」

他伸手在那塊石頭有花紋的一面，撫摸了一下：「當時在場的另外幾個人，就未曾留意到那石頭上的花紋有什麼特異，我也沒有解說，只是說想弄一塊石頭回去做紀念，弄回去之後，拿出彩色圖片來一看，我就傻掉了，再拍了黑白照片，衛先生，你已經可以看到，一模一樣。我量度過，一模一樣。」

他連連強調「一模一樣」，如果不是有那塊石頭放在眼前，我一定不會相信，可是這時，我對於「一模一樣」，卻一點也不懷疑。

宋天然望定了我：「衛先生，你怎麼解釋？」

我無法立即回答他這個問題，他等了一會，又道：「昨天小寶到我家來，看到了這石頭，他說怪異的事，難不倒你，你一定會有解釋。」

我伸手，指着照片和石頭，聲音聽來十分乾澀：「如果要……理性的，我的意思說，如果要合理的解釋，那就只好說是巧合。」

宋天然立時搖頭：「巧合到了這種程度？石頭在山中，形成了已經不知多少年，可能上億年，恰好爆炸時在這個地方裂了開來，上面的花紋，又和我的設計，將在那地方出現的建築群一樣？」

我也知道，只是說「巧合」，很難令人入信，根本連我自己也不相信，所以我剛才說話的聲音，才會那樣猶豫而不肯定。

這時，我苦笑了一下：「那你需要什麼樣的解釋呢？要我說……在幾億年之前，這座山形成時，有人有驚人的預知能力，所以把若干億年之後，會在那裏出現的建築群的花紋，弄在石頭上？」

宋天然急速地眨着眼：「這……這好像也沒有什麼可能。」

我道：「請注意，就算那種解釋成立，也無法解釋何以這塊石頭恰好能使你看到。」

宋天然喃喃道：「那……是巧合。」

我攤了攤手：「所以說，一切全是巧合，石上本來有花紋，每一塊都有，這一塊，恰好——」

說到這裏，我陡然住了口，沒有再說下去，原因很簡單，我剛才已提到過，這樣子的巧合，根本連我自己都不相信。

宋天然只是望着我，也不出聲，我過了一會，才道：「這石頭不知是從何處崩裂下來的？照說，花紋所現出來的景象，應該還有一幅才是，顯示景象相反的另外一幅，是不是？」

宋天然道：「應該是這樣，不過當然無法找得到了，那次爆炸，炸下了幾萬噸石頭，另外一塊或許早已炸碎，就算不碎，也無法找得到。」

我思緒十分紊亂，因為眼前所見的事情，真是怪異到無法解釋。世上絕大多數奇怪的事，都可以設想出一種解釋的方法來，不管設想出來的解釋是不是有可能，總可以設想。但是，眼前的奇事，卻連想也無從想起。

我撫摸着那石頭有花紋的一面：「不知道這些花紋嵌在石中有多深？」

宋天然道：「不知道，我不敢挖它，怕破壞了整個畫面的完整。」

我搖頭：「事實明白放在我們眼前，而我們又想不出何以會有這種情形。」

宋天然深深吸氣，又問：「中國古代的筆記小說之中，是不是也有相類似的記載？」

我正想到了這一點，所以聞言立時道：「有，不但有，而且多得很。不單是石上出現花紋，而且石上有文字，可以成句，句子多半是預言一些災難或以後的事，也有鋸開大樹，樹幹之中的木紋是圖像或文字的記錄。」

宋天然道：「那些記載的情形，和這塊石頭相似？」

我想了一想，這種筆記小說中的事，看過也就算了，沒有太深的印象，而且也無法確定真偽，和現在我們遇到的事，當然大不相同。所以，我搖了搖頭：「我想不同，不會有那樣……」

我又想了想，才找到了適當的形容詞：「不會有這樣活龍活現。」

宋天然道：「真是世界上最怪異的事情了。」

我同意：「而且，怪異得來全然無可解釋。」

宋天然望着我，欲語又止，猶豫了好一會，才道：「是不是，當年山脈形成之時——」

他講到這裏，停了下來，用力搖了搖頭，無法說得下去，因為那無論如何說不通。山不論大小，歷史之長，皆以億年計算，這塊石頭是花崗巖，不論是什麼巖石，最初的形態，全是熔巖，然後再慢慢形成巖石，有什麼可能在巖石形成的過程中，故意弄上花紋去？而且，花紋還是預知若干億年之後的事？

所以，宋天然說到一半，說不下去，自然而然。

他笑了一下：「無論如何，我不肯承認那是巧合。」

我陡地想起一件事來：「宋先生，若干年之前，我曾經看見過一夥極珍罕的雨花台石。」

宋天然立時全神貫注地望定了我，我閉上了眼睛片刻。

那塊雨花台石給我的印象十分深刻，所以雖然事隔多年，但一閉眼，那塊珍罕的雨花台石，就清楚出現在我的記憶之中。

我道：「每一顆雨花台石，不論大小，都有各種各樣的顏色和花紋，那一塊約有拳頭大小，上面的花紋和顏色，活脫就是京戲之中孫悟空的臉譜。」

宋天然大感興趣道：「一模一樣？」

我不得不承認：「很像，但決不是一模一樣。」

宋天然嘆了一聲：「衛先生，若是這石頭上的花紋現出來的景象，和我的設計很像，那倒也勉強可以說是巧合。可是……可是……」

我明白他的意思，也徒然想到了一點：「宋先生，整個建築工程還沒有動工，你可以把設計改一改，譬如說，把兩個碼頭之間的距離，拉遠或是縮近，那就不是一模一樣了。」

宋天然搖頭：「所有的計劃，都經過反複的討論，要改，談何容易，而且……而且……」

他說到這裏，有點吞吞吐吐，欲語又止，支吾了一會，才又道：「而且，這石上的花紋，像是在告訴我，冥冥之中，自有定數，既然幾億年之前已經有了預示，又何必要去違反？」

我聽他用「冥冥之中，自有定數」這樣的語句，也不禁呆了半晌，他顯然是經過了再三考慮，才這樣說的，那便是何以他剛才支吾的原因。「冥冥之中，自有定數」這種說法，無疑和他所受的教育，格格不入，可是事實卻又擺在那裏，不容人不這樣想。

我想了一會，才道：「看起來，好像早就有什麼力量知道那地方會變成什麼樣子，本來，人、物、地方，都有一定的運，可是幾億年之前已經算到了，太匪夷所思了！」

宋天然有點不好意思：「我……也只是隨口説説，或者説，既然在石紋上有這樣的顯示，又何必去改變？何況改變牽涉到巨額的投資，決不是我一個人所能作得了主的。」

我「嗯」地一聲，視線停留在那塊石頭上，心中充滿了不可思議的神秘感，可是對於這塊奇特的石頭，卻也沒有什麼可以討論：連再無稽的假想都想不出來。

我看了一會，才又道：「這件事，以後如果有機會，我會盡量對人提起，我有很多朋友，不但有見識，而且有豐富的想像力，或許會遇到一個人，可以提出一個能被接受的假設。」

宋天然卻顯然對此不表樂觀，只是神情茫然地搖頭：「也只好這樣了。」他説着，雙手捧起那塊石頭，放進了旅行袋之中：「對不起，打擾你了。」

我忙道：「不，不，你的確讓我看到了世界上最奇怪的事。」

他放好了石頭，忽然又道：「衛先生，你不想到發現這塊石頭的現場去看看？」

我怔了一怔，根本連想也未曾想到過，因為我以為，到那島上，這塊石頭被爆出來的現場去看一看，一點作用也沒有，難道還會有什麼石頭上有着奇怪的花紋？但是我隨即想到，又怎知道沒有？所以我一時之間，有點委決不下。

宋天然又道：「今天，我運用職權上的方便，下令爆破工程停止進行一天，過了今天，就沒有機會再看到那座小山頭了……預計整個山快會炸光，所以今天我來見你，也由於這個緣故。」

我本來還在猶豫，聽得他那樣講，便點頭道：「好，去看看。」

宋天然一聽得我答應了，大是高興：「這就走？」

我攤了攤手，表示無所謂，宋天然提起了旅行袋和公事包，走了出去，我跟在他的後面，他的車子就停在門口，他把旅行袋和公事包放在後面的座位，邀我上車：「建築公司有船在碼頭，很快可以到。」

我抬頭看了看，正當暮春，霧相當濃，我順口說了句：「這樣濃霧天，不適宜航行。」

宋天然也順口道：「不要緊，一天船要來回好多次，航行熟了的。」

在到碼頭途中，我問了他的學歷，他倒是有問必答，提起溫寶裕來，他更是讚不絕口：「這孩子，很有點異想天開的本領，他曾說，如果他是建築師，他就要造一幢完全沒有形狀的屋子，可是問他什麼叫作完全沒有形狀，他又說不上來。」

我問：「他對那塊石頭上的花紋，有什麼幻想？」

宋天然笑了起來：「不相信那只是巧合，我們的看法一致，別的看法，多半，對不起，是中了你敘述的那些故事的毒。」

我笑了起來：「『流毒甚廣』？他說了些什麼？」

宋天然吐了吐舌頭：「外星人幹的事。」

我「嘿」地一聲：「別以為任何奇怪的事，推在外星人的身上，就可以解決，這件事，有可能是外星人幹的，但是外星人如何幹，請設想一下，我就想不出來。」

宋天然忙道：「那是小寶說的，他說，外星人自有他們的方法，他們用的是什麼方法，在地球人的知識範疇之外，根本無從設想。」

我「哈哈」笑了起來：「不錯，這正是我一貫的說法，他倒背得很熟。」

宋天然也跟着笑了笑，他忽然又問：「衛先生，你希望在現場，又發現些什麼？」

我連想也未曾想過這個問題，根本上，要到現場去看看，是應宋天然之請而去，並不是我的本意，所以我說道：「什麼也不想發現。」

宋天然沉默了片刻，才又道：「如果有什麼人，或是什麼力量，要留下預言，當然用圖畫來表示，比用文字來表示好得多。」

我皺了皺眉：「你這樣說是什麼意思？預言？你簡直認為石上的圖紋是一種預言？」

宋天然道：「不管稱之為什麼，石上的圖畫，顯示了若干年之後那地方的情形。」

我「嗯」了一聲，宋天然的話，不易反駁，我也明白了剛才他那樣問我的意思：「你是在想，在現場，可能會再發現一些石塊，上面有圖畫，而又有預言作用？」

宋天然一手操縱駕駛盤，一手無目的地揮動着，顯得他的心緒十分紊亂：「我不知道，我是異想天開？」

我沒有再説什麼，在看到了石紋顯示的圖畫，如此絲毫與發展設計相同的怪事，世界上沒有什麼事不可能了。

車子到了碼頭，我們下了車，在碼頭上看起來，霧更濃，海面上行駛的船隻，不斷發出「嗚嗚」的汽笛聲。汽笛聲自濃霧之中透出來，可是由於濃霧的遮掩，看不到發出汽笛聲的船隻。那情形，恰似明明知道有一種情形存在，但是卻不明白這種情形如何。

宋天然帶着我，沿着碼頭走出了幾十步，對着一艘船，叫了幾聲，可是船上卻沒有反應。那船是一艘中型的遊艇，當然就是宋天然所說，屬於建築公司的船隻。

宋天然苦笑：「船上的人大抵以為大霧，不會有人用船，所以偷懶去了，不要緊，我有鑰匙，我也會駕船。」

我作了一個無所謂的手勢，我們就上了一艘機動小艇，駛到了那船旁邊，登了船之後，宋天然又叫了幾聲，仍然沒有人回答，他就逕自進了駕駛室，發動了引擎，不一會，船已緩緩駛了出去。

一駛出去之後，霧更大，望出去，只看見一團一團的濃霧，在行進中的船，帶動了空氣的流動，甚至可以看到把濃霧穿破一個洞，而被穿破的濃霧，又在船尾合攏起來，整艘船，就在這樣的濃霧之中前進。

在這樣的情形下，船當然開不快，不到十分鐘，全船上下走遍了，那只是普通的遊艇，乏善足陳，我在甲板上又欣賞了大半小時濃霧，又走回駕駛室：「速度那麼慢，什麼時候才能到？」

宋天然道：「大約三小時，我相信岸上的霧不可能那麼大。」

我嘆了一聲：「早知道要那麼久，不該把那石頭留在車上，帶了來，至少可以再研究一下。」

宋天然立時道：「衛先生，你有興趣研究的話，可以留它在你那裏。」

這話，我倒是聽得進的，至少，等白素從法國回來，可以讓她也看看這件奇妙透頂的事。所以我答應了一聲，又到了甲板上。

第二部

把石上花紋輸入電腦

這就是我何以會在濃霧之中，置身於海面上的原因。在甲板上，濃霧撲面而來，忽然之間會到海上來，那是我兩小時之前，怎麼也想不到的事。我忽然想到了預言多麼困難！

誰要是能預言我今天會出海，他就必須先知道宋天然會有一塊那樣的石頭。因為若不是宋天然有了那石頭，我不會出海。而宋天然有那塊石頭，多麼偶然，誰又能預料得到呢？那種偶然的機會，千變萬化，任何一方面發生了一點變化，一切就都改變，我也不會在海上。

這時，我忽然想起了「預言」，自然是受了宋天然的話影響：石上的花紋，顯示的是預言？是若干億年之前的預言，用圖畫的形式，表示在石頭的中心？

在甲板上耽了一會，我又回到了駕駛艙，幸而遊艇的駕駛設備相當好，否則這樣的濃霧，根本無法航行。

總算，將近三小時之後，已經可以看到陸地，船在一個臨時碼頭上泊了岸，岸上，有不少工人，正在忙碌地搬運各種建築工程用的器材，上了岸之後，有幾個人上來和宋天然打招呼。

宋天然一直向前走，這時已是下午時分，雖然岸上的霧，不如海面上濃，可是天色也顯得十分陰晦，很快就會天黑。

走了大約二十分鐘，宋天然手向前指，霧氣飄蕩，我已看到了那座小山，已經被削去了整整一半，或是一大半，我所看到的，是陡上陡下，筆直的，由爆炸工程開出來的山崖。整幅山崖，大約有二十公尺高，四十公尺寬，全由花崗石組成。

宋天然指着山崖：「當初，我主張保留這個小山頭，但由於建築材料的需要，又可以增加建築面積，所以才決定把它移走，如果不開山，自然也什麼都不會發現，不同的決定，產生不同結果。」

我只是注意四周的環境，由於開山工程，看起來，這裏像一個礦場，多於像一個建築地盤。

在那個斷崖之前，是一幅相當大的空地，堆滿了被開採下來的大小石塊，和許多器械。

宋天然下令停工，所以靜悄悄地，只有我們兩個人。我向宋天然作了一個手勢，示意他一起向前走去，經過大小石塊，我自然而然，去留意石頭上的花紋。花崗石上的花紋，多數由於石質中的黑雲母形成，顏色比較暗，和淺色的石質一對比，就會形成圖案，可是一路看過去，所看到的，全是普通的石頭。

宋天然比我更認真，看到石頭有平整一面的話，他特別留意。但結果一樣，看來看去，全是一些普通的石頭。當然每一塊石頭上都有花紋，可是看起來，都毫無意義。

宋天然翻轉了一塊極大的石頭，望着那塊石頭平整一面上莫名其妙的花紋，忽然道：「衛先生，有可能每塊石頭上的花紋，都在預告些什麼，只不過我們不懂。」

我皺了皺眉，宋天然愈想愈玄，如果他的假設成立，那麼，任何一塊石頭，就可以供人研究一輩子！對着石頭上莫名其妙的花紋慢慢去猜好了。

所以，我搖頭：「好像不可能，像這塊石頭上的花紋，你說像什麼呢？」

那塊石頭，和宋天然帶來給我看的那塊石頭差不多大小，形狀也約略相似——在爆炸之中炸開來的石頭，自然依照花崗石的結構而分裂，所以形狀大體上都約略相同。

那塊石頭上，也有明暗對比的花紋構成的圖案，可是絕看不出那是什麼，只不過是通常隨處可見的石紋。

宋天然搖頭：「當然不知道。就像衛先生，你看到了我那塊石頭，不知道是什麼一樣，但總有人知道的。或許，現在沒有人知道，再過若干年，有人知道，或是若干年之前，有人會知道。」

我細細想着宋天然的話，然後，笑了起來：「宋先生，你不妨把這塊石頭也弄回去——」

宋天然愕然：「然後，逢人就問，那是什麼？」

我道：「當然不是，就算我們什麼事都不做，單是叫人來看這塊石頭，問人家那上面的花紋是什麼，窮一生之力，又能問得了多少人？」

宋天然十分聰明，他一聽得我這樣說，立時「啊」地一聲，十分興奮地向上跳了一下：「把上面的花紋攝下來，化為電腦資料，輸入電腦，去問電腦那是什麼！」

我用力拍他的肩，表示他想的，和我所想的一樣。他神情興奮地搓着手，我道：「首先，我們來研究一下，如果你那塊石頭上的圖形，化為電腦資料，是不是有電腦可以回答出那是什麼來？」

宋天然立即道：「如果這樣的資料，來到我們公司，輸入我們公司的電腦，那就會有確實的答案：這是整個計劃的設計總圖。」

我道：「如果在別的地方呢？」

宋天然道：「在別的地方……只要那處的電腦，和我們公司電腦有聯繫，也可以得到同樣的答案。如果沒有聯繫，那電腦就不知道答案。」

我搖了搖頭：「這樣說來，得到答案的可能性還是不大，不過值得試一試，一般來說，較具規模的電腦中，儲有極多資料，找答案總比逢人問好多了。」

宋天然極高興：「真是好辦法，我們揀些花紋看來比較突出的，去問世界上有規模的電腦。」

我也被引起了興趣：「這方面可以交給我，我認識不少電腦專家，和各地大電腦都有聯繫。」

於是，我們再向前走去，就留意石頭上的花紋，看到有明顯花紋的，就搬過一邊。當我們來到斷崖前面時，已經找到了十來塊，有大有小。

到了斷崖前，仰頭看去，斷崖雖然不是很高，但陡上陡下，看起來也十分有氣派。

開山工程在斷崖上留下階梯狀的凸起，我和宋天然甚至踏着斷崖上的凸起處，攀高了約有十公尺左右，沒有什麼特別的發現。

在高處，宋天然還和我在討論着石頭上花紋的事，他道：「要是那些花紋，刻在石頭表面上，還可以想像一下，可是卻在開山開出來的石頭上！這座小山頭，不知道多少億年之前形成，如果不是有工程進行，山頭中的石塊，再也沒有機會見到陽光。」

我同意他的説法：「是啊，一塊石頭，不會引起人的注意，可是事實上每一塊石頭，能夠重見陽光，機會不大，都應該十分珍罕。」

宋天然伸手向上指了指，用動作詢問我是不是要繼續向上攀。反正再向上攀，並不是什麼難事，所以我就繼續向上攀，不一會，就到了山上，那小山頭被開去了一半，另一半還保持着原來的樣子，巖石嶙峋，石縫之中，長不少灌木野草，就是常見的那種小山頭。

在山頂上站了一會，我們就向山頭的另一邊下山，雖然全然無路可循，但也是十分容易，因為山坡並不算是太陡峭，各種大小石塊，在山坡上很多，下山到一半時，我還看到有若干處，巖石開裂，形成山縫，這全是一座小石山上應有的現象。

沒有多久，我們就到了山腳，宋天然嘆了一聲：「這實在是一座十分平凡的小山頭。」

我道：「是啊，這種小山頭，單是在這個島上，就至少有上百個。」

宋天然又站了一會：「整個山頭被移去，由於底部是堅硬的巖石，適宜於建造較高的上蓋，所以兩幢大廈，造在這座山的山基之上。」

我只是順口應着，因為對整件事，我一點概念也沒有，把石上的花紋圖形，輸入電腦去進行問答，也是一種姑妄試一試的做法，根本沒有祈求有什麼可以期待的結果。

下了山，又繞到了斷崖前，宋天然叫來了幾個工人，把我們蒐集到的石塊，都搬上船去，然後，他抱歉地道：「對不起，拉你來了一遭，什麼也沒有發現。」

我笑了笑：「我本來就未曾希望在山中忽然冒出一個怪物來。」

宋天然笑起來，我們再上船時，天色開始黑了，海面上的霧更濃，所以，當我回家，已經晚上十時左右。宋天然送我到門口，在我下車時，他把那藏有石頭的旅行袋交了給我，我又問他要了那兩張照片。

我把那塊石頭，放在書桌上，再將石頭上的花紋，和照片對照了一下，實在是毫無分別。我又取出攝影機，對着那石頭拍了照，然後在黑房中進行沖洗，立時又進行放大，放得和宋天然給我的那張照片一樣大小，這一來，更容易比較了，兩張照片，全然一樣。

然後，我就怔怔地看着那塊石頭，在心中進行種種的設想，但當然，找不出一個甚至只可以在理論上成立的設想。

一直到午夜，我只好長嘆一聲，離開了書房。

自那天之後，宋天然每天都和我聯絡，告訴我，開山工程在繼續進行，沒有什麼異狀，也沒有什麼新的發現，只不過他在每次巡視開山工程時，若有發現花紋奇特的石塊，他就會蒐集起來，已經有了五六十塊之多。

而且，他也照我們的計劃，把石頭上的花紋，拍成照片之後，轉變為電腦資料。

大約一星期之後，他又來找我，帶來了那些電腦資料，利用我家裏的小型電腦，使得石上的花紋圖案，在和電腦聯結的熒光屏上，一幅一幅，顯示出來。看起來，每一幅都不規則，沒有意義。

宋天然道：「單憑我們這樣看，看不出名堂來，希望世界各地的電腦，會給我們答案！」

他說着，取出了二十份所有照片來，放在我的書桌上，道：「這裏一共二十份，你分送出去，我自己也可以分送出去三十份左右。」

我問了一句：「這些資料，你有沒有先在公司電腦中尋求過答案？」

宋天然道：「試過了，沒有結果。要電腦有答案，必須電腦之中，先有同樣的資料，輸入的資料與之完全吻合，才會有答案。」

當晚，我就把他留下來的二十份照片，寫上地址，又各附了一封短函，說這只是一種遊戲，但是務請盡力在閣下所能接觸到的電腦中，試尋是否有可以吻合之處，如果有，請立即告訴我，那是什麼。

我寄出去的地址，包括的範圍相當廣，有世界上最大的天文台、大醫院、大機構，甚至於幾個大國的政府部門和銀行，等等。收件人都是過去在各種各樣的情形之下，和我有過接觸的人。

第二天，老蔡把那些東西全寄了出去，一連幾天，宋天然照樣和我聯絡，他希望我能夠解開那石頭上的花紋圖形，何以和他的設計絲毫不差的原因，可是我總是令得他失望。

那塊石頭一直放在我的書桌之上，這些日子來，來看我的朋友，我就必然使他們去看那塊石頭，所有的人才乍一看到那塊石頭，都不覺得有什麼奇特，但是一經解釋，無不嘖嘖稱奇，認為這種情形，真是奇妙到了極點。

那些朋友，包括了我十分熟悉的，和不是十分熟悉的在內。其中有一個是陳長青。

陳長青在知道了這塊石頭的奇妙之處後，自告奮勇：「這石頭，有圖形的那一面，不算是十分平滑，我想，去打磨一下會更清晰，我來做，親手來做。」

我擔心了一下：「不要一打磨，把這些花紋全都磨去了。」

陳長青一面說，一面早已把那塊石頭抱在懷中：「不會的，我會小心。衛斯理，你這人真不夠朋友，有這樣奇特的事，也不通知我，要不是我來看你，永遠不知道有這樣的奇事了！」

我笑道：「你不會永遠不來看我，所以也不會永遠不知道。」

第二天，他就大呼小叫地衝了進來，他手中仍然抱着那塊石頭，不過用布包着，我問：「怎麼樣？打磨成什麼樣子了？」

他直走進書房，把石頭放在我的書桌上，直視着我：「小心點，別昏過去。」

然後，他用他一貫的大動作，一下子把罩在石頭上的布幅扯去。

我向那塊石頭一看，剎那之間，雖然未曾昏過去，可是也真正怔呆了。

陳長青把那石頭有圖形的那一面，打磨得十分平整光滑，而且又塗上了一種可以令得石頭中的花紋顯露得更清晰的油質塗料。經過了那樣的處理，圖形更加清楚，簡直就是一幅黑白相片，而且極有立體感。

我呆了半晌，說不出話來，陳長青得意地問：「你看怎麼樣？」

我嘆了一聲：「看起來，就像是把照片曬印在石頭上了。」

宋天然給我的照片，就放在桌上，陳長青伸手取了過來，又順手拿起了一柄尺來。我道：「不必量度了，宋天然早已量過了，一點也沒有不同。」

陳長青道：「這樣的情形，要不要叫那個宋天然來看看？」

我一想，也有道理，應該通知宋天然一下那石頭經過打磨之後的效果，看了看時間，他應該在公司，可是電話打過去，公司卻說宋天然今天沒有來，也沒有請假，公司正在找他。

我一得到這樣的回答，就有點不妙，忙又打電話到他家去，電話一響就有一個女士接聽，我才問了一句，那女士就叫了起來：「你是衛斯理？」

我怔了一怔，心中暗叫了一聲「冤家路窄」。那是溫寶裕媽媽，也就是宋天然姊姊。我忙說道：「是，我找宋天然。」

電話那邊霎時之間傳過來的聲音之響亮，令得在一旁的陳長青，也為之愕然，那位美麗的女士，多半是把電話話筒，當作是唱女高音的擴音器了，她用十分尖利的聲音在叫：「什麼人和你走在一起，什麼人就倒楣。」

我和陳長青相視苦笑，我忙道：「宋先生他──」

美麗女士尖叫如故：「天然失蹤了，從昨天晚上起，就不知所終！」

我陡地一怔：「昨天下午，我還和他通過電話──」

美麗女士的叫聲更響：「請你離開我的家人遠一點。算我求你，好不好？」

我也大聲道：「一個成年人，從昨天晚上起到現在，下落不明，這不能算失蹤，你明白嗎？」

我不等她回答，就放下了電話：「長青，宋天然可能有了意外。」

陳長青本來就最容易大驚小怪，可是這次，他卻不同意我的感覺：「不會有什麼意外吧，他可能又去找有圖形的石頭。」

我想了一想：宋天然生活十分有規律，還未結婚，和父母同住，一夜未歸，又未回到工作崗位去，自然很不尋常，如果他在工地，公司應該知道。她姊姊自然是由於他的「失蹤」而被他父母請去商量的，這中間，真有問題。

可是，究竟是什麼問題，我卻說不上來。而且，我也沒有法子去找他，因為我和他不算太熟，他平時和什麼人來往，愛到什麼地方去，我一無所知。他的家人一定會盡力去找他的。

我心緒十分亂，陳長青則一直盯着那塊石頭，不斷讚嘆。我問道：「你有什麼假設？」

陳長青長嘆了一聲：「我一直以為自己想像力十分豐富，現在方知不然，我作了一百三十七個假設，每一個，唉，不說也罷！簡直是絕無可能，可是偏偏又在眼前。」

我也不禁嘆了一聲，和他又討論了一會，心中實在記掛着宋天然的下落，可是又不想再去聽那位美麗女士的尖叫聲。

就在這時，溫寶裕的電話來了，他第一句話就道：「我舅舅失蹤了。」

我沒好氣地道：「不過十多小時未曾出現。」

溫寶裕的聲音有點鬼頭鬼腦：「他到哪裏去了？」

我對着電話叫了起來：「我怎麼知道？」

溫寶裕顯然被我的聲音嚇得有點發呆，過了一會，他才道：「會不會進入了……進入了他自己設計的那……個地方去了？」

我一時之間，不明白他這樣說是什麼意思。但是溫寶裕有很古怪的想法，我對他所說的話，絕不因為他是一個少年人而輕視，所以我定了定神：「我不明白，他到哪裏去了？」

溫寶裕道：「那塊石頭……那麼古怪，上面的圖形，完全和他設計的建築群一樣，如果那塊石頭表面的圖形，是另一個空間，我舅舅可能進入了那個空間，我的想法是，就像是人進入了什麼圖畫、鏡子之中一樣。」

我把電話接駁了擴音器，所以溫寶裕的話，陳長青也可以聽得清清楚楚，陳長青立時「啊」地一聲：「這小孩子是什麼人？真了不起。另外一個空間的設想，真不簡單。」

溫寶裕的話，自然是一種設想，我想：「就算是這樣，你舅舅也沒有機會進入那個空間，應該是我進去才是，因為那塊石頭，一直在我的書桌上。」

陳長青加了一句：「或者是我。」

溫寶裕立時問：「你是誰？」

我大聲道：「小寶，一有你舅舅的消息，請立刻通知我。」然後我就掛上了電話。

一個陳長青，或是一個溫寶裕，已經令人難以忍受了，我簡直無法想像陳長青加上溫寶裕，會變成什麼。所以我急急把電話掛上，不希望他們兩人取得任何聯絡。不然，陳長青和他一起，生出什麼事來，溫家三少奶，只怕要買兇把我殺掉。

陳長青仍然大感興趣：「這少年是誰？」

那時，我和溫寶裕之間的故事《犀照》，還沒有整理出來，所以陳長青不知道這個少年是誰，我道：「過一個時期你自然會知道，他是宋天然的外甥，剛才在電話中唱女高音的，是他的母親。」

陳長青「哦」地一聲：「這少年有點意思。」他指着石頭：「那麼奇特的現象，真有可能是另一個空間，如果能夠突破空間的限制，人就可以進去，進去了之後的感覺，一定像是置身於建築已經完成的那個住宅中心——」

他愈說愈是起勁，我道：「教你一個法子，可以使你進去。」

陳長青立時睜大了眼睛，怪聲怪氣道：「快說。」

我道：「你用頭去撞這石頭，撞着撞着，說不定就可一頭撞了進去。」

陳長青自然知道我在消遣他，十分惱怒，悶哼了一聲，指着石頭道：「既然你那麼沒有想像力，這塊石頭留在你這裏，也不會有什麼進展，不如放到我那裏去。」

陳長青有這樣的要求，我一點也不奇怪，反倒奇怪他怎麼到這時才提出來，不過，我一口拒絕了他：「不行，石頭不是我的，是宋天然的，我不能作主。」

陳長青神情怏怏，但隨即又釋然：「不要緊，反正我已知道了有這樣的奇蹟，我會運用我的想像力——宋天然有了消息，別忘了通知我。」

我嘆了一聲，點了點頭。他出去，才打開門，就看到一輛車子急速駛過來，在急煞車的聲音中停下，車門打開，一個人自車中跨出來，那人一抬頭，我和他打了一個照面，不是別人，是警方的高級人員，和我並不是十分談得來的黃堂。

陳長青和黃堂見過幾次，知道黃堂的身分。黃堂有急事來找我，誰都可以看得出來，無事尚且要生非的陳長青，一見到這樣情形，如何還肯離開，整個人立時如同釘在地上一樣，再也不肯向前移動半步。

黃堂一見到我，就和我打了一個手勢，示意我進去，有話要說，我推了陳長青一下，示意他離去，可是陳長青反倒跟了上來。我望向黃堂，黃堂明白我的意思，立時對陳長青道：「對不起，陳先生，我們有十分私人的事要商談，你請便吧。」

陳長青真是好脾氣，陪着笑：「或許，我能貢獻一點意見？」

我和黃堂齊聲道：「不必了。」

陳長青遭到了我們兩人堅決的拒絕，十分尷尬，自然不好意思再跟過來，我讓黃堂進了屋子，看到陳長青還站着不動，知道萬萬不能去招惹他一絲半點，只好裝着沒有看到，也進了屋子，隨手把門關上。

我才關上了門，黃堂就轉過身來，一臉嚴肅地道：「問你一些問題，你一定要據實回答。」

我對黃堂本身，並沒有什麼成見，但是總覺得和他不是很談得來，像這時，我根本不知道他來找我是為了什麼，可是他一開口，已引起了我的反感。

我立時道：「黃大人，你應該說：若不從實招來，定必嚴刑拷打。而且，你手中好像也應該有一塊醒堂木。」

黃堂睜大了眼睛瞪着我，悶哼了一聲：「事情很嚴重，我沒有心情和你說俏皮話。」

我道：「好，那就說你的嚴肅話。」

黃堂急速地來回踱了幾步：「衛斯理，我不知道你和情報機構有聯繫。」

我一聽，真是無明火起，一句「放你媽的屁」幾乎已經要出口了，硬生生忍了下來，臉色自然難看之極：「我不知道你在說些什麼。」

黃堂的臉色也不好看：「情報組織，我是說，大國的、小國的情報組織，專門靠特務活動來蒐集情報的組織。」

我盯着他，感到在這樣的情形下，發怒也是沒有用，我用十分疲倦的聲音道：「你誤會了，我和大國小國不大不小國的任何情報組織，皆無任何聯繫。」

繫。」

黃堂盯了我半晌，欲語又止，我反唇相譏：「看來，你倒和情報機構有聯

黃堂坦然承認：「是，在業務上，有一定的聯繫。」

我道：「好，你有，我沒有，還有什麼問題？」

黃堂道：「有一個人，叫宋天然，近來和你來往十分密切。」

我一聽得事情和宋天然有關，不禁大是愕然：「不錯，他發現了一些奇怪的事，來和我研究。」

黃堂沉聲道：「你可知道他真正的身分？」

我更是訝然：「什麼叫真正的身分？你以為宋天然是什麼組織的特務？」

雖然，特務的臉上沒有刻着字，愈是像特務的愈不是，但是宋天然，我絕無法把他和特工人員聯繫起來，所以才會這樣問。

黃堂沉默了半晌：「他……衛先生，我真希望你能……幫我。」

他說話客氣了許多，我也訝異莫名，希望他快把事情講出來，所以我立時

點頭。

黃堂壓低了聲音：「宋天然，他可能是有史以來，最厲害、最神通廣大的特工人員。」

我張大了口，合不攏來。黃堂不喜歡在言語中開玩笑（或許就是因為這一點，所以我才不是十分喜歡他），可是這時，他說的話，卻實在可以令人大笑一場。不過，又由於他神情肅穆，倒也不是容易笑得出來，所以我只好張大了口望着他。

黃堂又道：「他做到了任何情報人員無法獨立完成的事情，他——」

當他繼續講的時候，我一直張大了口望着他，他忽然停了下來：「算了，你一定早已知道他是什麼人，做了些什麼事，何必還要我說？」

我連忙舉起手來：「黃堂，一點不知道！你明白我，絕不喜歡轉彎抹角，不知道就是不知道，我只知道他是一個建築工程師，他做了什麼？」

黃堂先用疑惑的眼光望着我，然後，神情轉為信任，但他還是停了片刻，才道：「和美國國防部，人造衛星攝影部門有聯繫的電腦組織，正式的名稱是——」

他說到這裏，又頓了一頓，看到我沒有反應，才又道：「如果你不知道那個機構的名稱，我就不說了。」

我作了一個「隨便你」的手勢，仍然不知道他想說些什麼，他道：「這個機構專門負責處理人造衛星拍回地球來的照片——」

我嘆了一聲：「你說得簡單點好不好，我知道，現在人造衛星滿天飛，間諜衛星更多，拍回來的什麼樣照片都有，而且清晰程度十分驚人，經過放大之後，甚至可以看出地圖上行駛的一輛車子，是什麼類型。」

黃堂道：「對，先請你留意一點，間諜衛星拍到的照片，有軍事秘密價值的，被列為最高機密，除指定人員外，誰也不能看到。」

我道：「這是普通常識。」

黃堂望了我兩眼：「這個機構，在兩天前，通過了一枚性能十分優越的間諜人造衛星，這種優越性能也是一項秘密，連蘇聯情報人員都不知道，通過這種優越性能，拍到了一張照片，顯示蘇聯在阿富汗境內，部署了一個有計劃的火箭陣地。」

我耐心聽着，黃堂又盯着我看，我忍不住道：「到現在為止，我不知道你想說什麼，你不必打量我的臉上表情！」

黃堂的神情有點尷尬，但是他還是直視着我：「這是最高的機密，可是和那機構有聯繫的電腦，卻顯示這張照片，電腦中早有資料，是宋天然寄去的一批照片中的一張，對比的結果，一模一樣，比人造衛星拍攝到的，早了三天進入電腦資料，而宋天然得到這張照片的時間，可能更加早——」

黃堂講到了「宋天然寄去的一批照片」之際，我耳際已經響起了「轟」地一聲，接着，他又講了一些什麼，我完全沒有再聽進去，而在那時，我臉色一定也難看到了極點，所以黃堂也陡然住了口。

我定了定神，揮了一下手，這時，我喉際發乾，一開口，連聲音都變了樣：「請你繼續說，我很快就會解釋……事情的實在情形。」

黃堂吸了一口氣：「那枚衛星，一直在監視蘇聯在阿富汗的軍事行動，定期攝影，每次攝影的相隔時間是三天，三天之前的一批，還未曾有火箭陣地的迹象，也就是說，宋天然在火箭陣地還未曾佈置好之前，就已經知道了部署法。」

我沒有出聲，思緒相當亂。

黃堂又道：「你想想，一個情報人員做得到的事，比間諜衛星還早，而且同樣準確，這豈不是神通廣大，至於極點？」

我已經坐了下來，無力地揮了揮手：「那麼，和我又有什麼關係？」

黃堂道：「宋天然在寄出那批照片的同時，有一封短函，說是如果照片和收件處的電腦資料吻合，可以和他聯絡，或者，和衛斯理先生聯絡。上面有你的名字和地址。」

我不由自主發出了一下呻吟聲，決定等他完全講完，我再開口，所以我又示意他再講下去。

黃堂道：「這種情形，簡直是前所未有的，一發現了這一點，美國和西方國家的情報機構，度過了天翻地覆的兩天，證明了宋天然不屬於西方任何國家的情報機構。那麼，就只剩下了兩個可能。」

我的聲音有點軟弱無力：「他是蘇聯集團的特工人員，希望藉此行動，投靠西方。」

黃堂點頭：「二，他還不屬於任何集團，只是想藉此顯示他的才能，以盼得到西方世界的重用。剛才，美國一個情報官找我，打聽宋天然和你，我想和宋天然聯絡，聯絡不到，所以只好來找你。宋天然既然提到了你的名字，你們……你們是合伙人？」

我陡然跳了起來，失聲道：「糟糕，宋天然失蹤，一定是……一定是蘇聯集團……先下了手。消息泄露了出去，蘇聯集團的特工，震動必然還在西方之上。絕對的軍事秘密，在事先就給人知道，自然非找到這個人不可！」

黃堂森然道：「是啊，如果他已被綁架，下手的是蘇聯特工，那麼，你——」

我不由自主，發出了一下呻吟聲。我和宋天然的「求答案」的行動，竟然會產生這樣的後果，真是隨便怎麼想都想不到的事。

黃堂見我在發獃，有點生氣地道：「就算你不對我說什麼，也該為你自己打算一下，你要知道，特務行動……警方也保護不了。」

我只好苦笑：「我亦不至於要警方保護。到我書房來，我詳細說給你聽。」

我帶着黃堂，進了書房，先給他看那塊石頭，再向他解釋石頭上的花紋圖形是什麼，又給他看相片，然後又向他說了宋天然和我異想天開去求圖形答案的經過，隨後找了五六十塊有圖形花紋的石頭，拍了照，寄出去，向各地的電腦詢問……我講到一半時，黃堂的神情，已經像個白癡一樣。

等我講完，他不斷地眨眼睛，沒有任何別的動作。任何人聽了敘述，都會有同樣的反應，所以我也沒有去驚動他。

過了好一會，他才用夢遊太虛似的聲音問：「你是說，你是說，宋天然寄出去的那批照片……只是石頭上的圖紋？」

我用力點了點頭，拉開抽屜，取出一疊照片來，放在桌上：「他寄出了三十份，我也寄出了二十份，這裏一份是自己留着的，請你看看，哪一幅是所謂……蘇聯在阿富汗的火箭部署圖？」

黃堂把那些照片迅速地看了一遍，照片看起來全然沒有意義，不外是黑白的陰影構成的一些圖案，或是點和線的排列，看起來十分普通。但是如果其中有一幅照片上的一些顏色較深的黑點，排列的方位，恰好和火箭的部署是一樣，那麼問題就大不簡單！

黃堂一面看，一面現出茫然的、不可置信的神色，像傻瓜一樣地搖着頭。我倒並不覺得可笑，因為在知道了事實，幾乎每一個人都會作這樣的反應，因為那實在是太不可思議！

黃堂看了一遍又一遍，我問：「是哪一幅？」

他苦笑了一下：「我也不知道，這些照片，看來全一樣，一點意義也沒有。」

我攤了攤雙手，表示事實的確如此：「那些石頭，還在宋天然那邊，是在爆炸後，順手揀來的，一點也不是名貴的東西。」

黃堂深深地吸了一口氣：「要是宋天然真的被特務機構弄走了，那麼，只怕世界上沒有一個特務，會相信他的解釋。」

我也不禁發起急來：「可是事實確然如此，當特務的，總得接受事實才行。」

黃堂緩緩地道：「肯接受事實的，也不會去當特務了，特務只知道自己的想像。就算事實不是如此，他們對付錯了一個人，又有什麼關係？總比情報再度泄漏好得多！」

我來回走了兩步：「那位來自美國的情報官——」

我才講到這裏，他就打斷了我的話頭：「對，頭昏腦脹，我倒忘了，該讓他來聽聽這個神話故事。」

我糾正他：「不是神話故事，是事實。」

第三部

小山石塊可使人變先知

他苦笑了一下，沒有再和我爭下去，拿起電話來，背對着我，按着號碼。他那種行動，多少有點鬼頭鬼腦，我冷冷地道：「我這裏打出去的每一個電話，都錄音，你可以到外面去打公共電話。」

黃堂嘆了一聲：「衛斯理，這件事，說大可大，說小可小，我們別再說些沒用的話好不好？」

他這兩句話，倒說得相當誠懇，所以我也沒有再說什麼。電話有人接聽，他迅速而低聲地說了兩句，然後轉過頭來問我：「我能不能請他到你這裏來？」

我攤了攤手，作了一個無可無不可的手勢，他又講了幾句，然後再轉過臉來，用一種十分訝異的神情望向我。

黃堂問道：「他說他認識你，是你的好朋友。他父親更和你是生死之交。」

我揚了揚眉：「誰？」一面心中在想着，在西方人之中，從事情報工作的，我倒是認識不少，可是能稱得上「生死之交」的，實在不多。一則，我朋友多而雜，真正有好交情的，不能說沒有，像剛才被我拒諸門外的陳長青就是，但是「生死之交」這個名稱，一聽就令人想起武俠小說中的那種朋友交情，在現實社會中不是多見。二則，西方人只怕更不容易明白什麼才是「生死之交」。

黃堂的回答來得極快：「小納爾遜，小納，他的父親曾是十分出色的情報工作者，納爾遜——」

黃堂才講到這裏，我就陡然叫了起來：「他，納爾遜的兒子，小納？」

我一面叫着，一面已伸手接過了電話來，對着電話，用十分激動的聲音叫：「小納，快來。」

那邊傳來了一個同樣激動的聲音：「是，我立刻就到，立刻就到。」

我放下電話，不由自主，深深地吸了一口氣，剎那之間，我和納爾遜結交相識的經過，一下子都湧了上來。想起來，彷彿就在眼前，而且，在電話中聽來，小納的聲音，就與當年他父親一樣。

他父親，出色的情報工作人員，曾和我共同有過一段難忘的經歷，在最後關頭，不幸犧牲，那時，小納已經是一個相當出色的青年人，我曾見過他，因他父親的犧牲而安慰他，而他在當時，也表現出出奇的鎮定和勇敢，令我留下了極其深刻的印象。現在，他的工作成就，只怕已超越了他的父親。

我把手按在電話上發怔，過了一會，黃堂才問我：「納爾遜？就是在《藍血人》那件事中，和你共事的那位納爾遜？」

我大力點了點頭：「就是他。小納……真想不到。」

黃堂自然熟知我記述在《藍血人》這個故事中的一切經過，自然也知道納爾遜是怎麼死的，所以他沒有再問下去，只是道：「那就好了，你們之間有這樣的關係，他自然會接受你的解釋。」

我感嘆地道：「我和他的父親，倒真的可以說是生死之交，一點也不誇張。」

黃堂卻自有他的想法，他搖了搖頭：「我只是擔心，小納接受了你的解釋，怎麼去取信他的上司。」

我有點惱怒：「我的解釋是百分之一百的事實，不是虛構出來的。」

黃堂怕惹我生氣，沒有再說什麼。

黃堂一連打了幾個電話，要他屬下的人員，傾全力去偵查宋天然的失蹤，並且向他的幾個得力手下，暗示了宋天然的失蹤，有可能涉及國際特務組織的綁架行為，要特別小心處理。

他那幾個電話，大約花了七八分鐘，在那短短的時間內，我不斷來回踱步，焦急地等待着。等他終於放下了電話，我心急地問：「小納在什麼地方，怎麼還沒有到？」

黃堂道：「不遠，應該到了，怎麼還沒有——」

當他這樣說的時候，我站立的位置，正面對着窗子，可以看到街上的情形，我看到，在對街的一根燈柱上，有一個人攀在燈柱上，看起來，像是修理電燈的工人，可是他的安全帽下，有一副十分巨大的「護目鏡」，這種類似護目鏡的物體，實在太大了，使我一看到，就知道那是一具性能優越的特種望遠鏡，這種望遠鏡，不但有着紅外線裝置，可以令使用它的人，在黑暗中看到東西，而且，多半還有抗折光裝置，那也就是說，雖然由於窗上玻璃的緣故，外面光線強，室內光線弱，應該看不見室內的情形，他也可以看得到。

既然有這種設備的望遠鏡，我相信這傢伙的身上，一定也有特種偷聽儀，這種偷聽儀，可以輕而易舉聽到兩百公尺內的聲音。

有這種「道具」在身上，不問可知，絕不會是真正的修電燈工人了！

我只向那人望了一秒鐘，我問：「黃堂，你派人爬上電燈柱在監視我？」

黃堂怔了一怔，本能地要轉個身，向窗外看去，但是我立即作了一個手勢，制止了他，並且用眼色告訴他，要裝出若無其事的樣子。

黃堂領悟能力高，他甚至連姿態看來，也十分自然，渾如沒事人。

我這樣做，自然有原因：黃堂沒有派人來監視我，小納自然更不會，那麼，這個神秘的監視者，就可能和使宋天然失蹤的那一方面有關，對付了宋天然，又準備來對付我。

任何人，要對付我，當然會知道，我不容易對付，比起對付宋天然來，不知道要困難多少，所以先派一個人來視察監視，自然而然。

假設這個監視者，已經竊聽到了我和黃堂之間的對話，那真是再好不過，我們絕不必去驚動他，讓他帶着他監視的結果回去，好使他們知道，宋天然不是什麼人類有史以來最偉大的特務，一切全是一種不可思議的「巧合」。

這樣，對宋天然來說，自然大有好處。

黃堂明白了我的意思，是以，他身子雖然移動着，但是絕不向窗外望一眼。

可是，就在這時，我突然看到一個人，用極快的速度，攀上了電燈杆，這個人攀上去的速度之快，簡直就像是猴子。

電燈杆能有多高，一下子，那人就抓住了那個監視者的腳踝，同時身子上竄，身手靈敏之極，一拳打出，打中了監視者的下顎。

那監視者冒充了修電燈工人在電燈杆上，腰際扣着安全帶，所以，攀上去的那人一拳打出，監視者並沒有跌下來，但是那一拳的力道十分強大，令得那監視者的身子，陡然向後仰了一仰，又向前反彈回來，前額撞在電燈杆上。

看來，監視者在一下子之間，就喪失了抵抗能力，那攀上去的人，弄鬆了安全帶的扣子，和監視者一起，順電燈杆，一起滑下來。

一切經過，連半分鐘也不到，隔窗子看出去，就像是看默片。

黃堂也注意到了我望着窗外的神情古怪，他也以十分自然的動作，向窗外望去，剛好看到了兩個人一起滑到地上的情形。

他陡然叫了起來：「天，是陳長青。」

早在那個人像猴子一樣攀上去的時候，我已經認出他是陳長青了。可是有什麼法子阻止他？他的動作是如此迅捷，而我們之間的距離又如此之遠。

在黃堂叫了出來之後，我只好苦笑了一下：「對了，是陳長青。」

陳長青為什麼會出現，做了這樣的事，倒也是十分容易明白。

他好事生非，看到黃堂，這個在警方負有重要任務的高級警官，這樣氣急敗壞地來找我，知道一定有非常的事故，而又被我們拒在門外，他一定不甘心，在門外徘徊，尋找機會。

就在這時候，他看到了那個「修燈工人」。

陳長青人雖然古裏古怪，但是卻觀察力十分強，我一眼就可以看出那「修燈工人」很有點古怪，他自然也可以看得出來，那個人是在監視我的住所。

所以，他就立即採取行動，對付了那個人，破壞了原來我最簡單的、對宋天然有利的計劃。

我甚至可以絕對肯定，他對付了那人，一定會帶那人，到我這裏來領功，那麼，他就有機會參與我和黃堂之間的事！

果然，就在這時，門鈴聲大作，我向黃堂作了一個手勢，衝下樓去，打開了門。

門一打開，我不禁一怔：門外不但有陳長青——他的肩上，負着那個被他打昏過去的監視者，還有一個金髮碧眼，看來英俊而惹人喜愛的西方人，身形並不是十分高大。但一瞥之下，就給人以十分紮實之感，他臉部的輪廓，很像當年納爾遜，他當然是小納。

陳長青擺出一副勝利者的姿態，而且，衝着小納，明顯地十分不友善地瞪着眼睛，令得小納十分不好意思，向我攤手：「這位先生和我同時到達，他堅持要由他來按門鈴。」

陳長青悶哼了一聲：「衛斯理，你知不知道——」

我立時打斷了他的話頭：「再知道也沒有，我正要他把監視的結果帶回去，就給你這猴子，壞了好事。」

陳長青聽得我這樣講，急速地眨眼，一時之間，不知如何才好。

小納自然不知道發生了什麼事，可是他只向軟垂在陳長青肩上的那個人看了一眼，就立時現出了極其訝異的神情。

自然他一眼就看出了那人身上的裝備十分不平凡。小納是這方面的專家，知道得比我還多，可以看出那人的路數。

黃堂在一旁，看到了陳長青的窘相，忙道：「進來再說。」

陳長青巴不得有這句話，又恢復了勝利者的神氣，雄赳赳氣昂昂，大踏步走了進來，一歪肩，令得肩上的那人，重重地跌在地上。

黃堂向我望了一眼，指了指地上的那個人：「也好，至少可以知道他是屬於哪一方面。」

陳長青動作粗魯起來，也真驚人，他一伸手，抓住了那人的頭髮，把他直拉了起來，那人翻着眼，看樣子像是醒了，陳長青一下子就伸手捏住了那人的腮，令得那人的口，不由自主張開，發出「呵呵」的聲響。

我又好氣又好笑：「你想幹什麼？」

陳長青道：「這人鬼頭鬼腦不是好東西，恐怕他失手被擒之後會服毒自盡，這樣一來，他就無法咬破他口裏的毒囊。」

我被陳長青的話，逗得笑彎了腰，那人一倒地，小納就已把他戴着的那副

「護目鏡」取下，在手中翻來覆去地看，這時他才道：「真的，別笑，這位先生是一流的特務人員。」

我止住了笑聲，向那人看去，那人的頭髮被陳長青抓着，腮幫子又被捏着，樣子自然不會好看，可是他本來的樣子，卻並不難看，眼珠轉着，不是十分慌張，可見小納的判斷，自有道理。

這時，最高興的，莫過於陳長青，他一聽得小納這樣說，忙道：「是嗎？一流特務，哈哈，我花了不到一分鐘，就把他自電線杆上拉了下來。」

我指着那人：「你放手吧，服毒自盡的特務，那只是電影或者小說裏的事。」

陳長青猶豫着，不知是不是應該聽我的話，小納十分嚴肅地道：「先別放手，這副設備精良的望遠鏡，是東德的出品，據我所知，只有蘇聯系統的特務，才使用這種特殊產品，他真可能會自殺。」

陳長青一聽，自然更不肯放手了，捏得更緊。令得那人殺豬也似叫了起來。

我道：「我們還要不要他說話？這樣揑，他怎麼開口講話。」

陳長青不假思索：「給他紙和筆，叫他寫，我們問，他寫答案。」

他又大感興趣：「衛斯理，你是怎麼一回事？蘇聯特務監視你，為了什麼？」

我和黃堂互望了一眼，都沒有陳長青那樣興高采烈。小納不知道是發生了什麼事，無法發表意見。他用行動代替了語言，走過去，一下子把那人的手臂抬高，並且用極嚴厲的神情，示意那人要維持着手臂舉高的姿勢。

可能，特務同行之間，有某種同業的暗號，那人本來不斷在叫，可是當小納一來到他面前，開始行動，他便靜了下來，而且雙眼之中，也不由自主，流露出驚恐的神情。

小納開始在那人的身上，熟練地搜索，不一會，就搜出了七八樣東西，他取起其中一支唇膏般的東西，示意陳長青留意，然後一揚手，那東西發出了「嗤」地一下聲響，有一枚小針射出，釘在茶几上。

陳長青嚇了一跳，小納道：「有毒的。」

他走了過去，拈住了針尾，把那枚針拔了起來，又來到了那人的面前，把針尖對準了那人的眉心，針尖距離眉心，不過半公分，那人更加恐慌，雙眼的眼珠，拚命向眉心聚攏，想盯着針尖，樣子看起來又滑稽又可憐。

我看到這種情形，忍不住又哈哈大笑，我絕未想到，作為美國高級情報人員的小納，作風竟然如此乾脆。

小納向陳長青道：「好了，你可以放開手了。」

陳長青十分聽話，手鬆開，那人立時叫了起來：「我和KGB沒有任何關係！」

「KGB」是蘇聯國家安全局的簡稱，那人一上來，未等我們發出任何問題，就自己表示了自己的身分，這倒很令人感到意外。小納冷冷地道：「沒有任何關係？那麼，請你解釋你這一身KGB特務的標準裝備。」

那人喘了一口氣，神情又倔強起來：「你可知道這口針刺中了我的後果。」

小納道：「當然知道，你會在十秒鐘之內，變為死人，而且在十秒鐘內，你也不會有多大的痛苦，所以，不必那麼害怕。」

那人臉色變了一下：「我不知道什麼標準裝備，為卡爾斯將軍工作的人，都配發給這些裝備。」

這句話一出口，我、小納、黃堂和陳長青四人，都怔了一怔。

卡爾斯將軍，這個世界上知名的獨裁者，全世界恐怖活動的支持者，胡作非為到了極點，簡直不是二十世紀應該存在的人物，卻實實在在統治着北非洲一個小國家，而且接受一些唯恐天下不亂的野心國家的支持，又有着用之不竭的自然資源供他揮霍。

這個「將軍」的名字，大家都知道，而我的印象又特別深刻，是因為我認識一個年輕的醫生，和我説起過，他和卡爾斯將軍之間，有某種糾葛。

我在一怔之後，走了過去：「卡爾斯將軍為什麼會對我的生活感到興趣？」

那人瞪大了眼睛望着我，像是我問了一個極其愚蠢的問題。

小納冷冷地道：「你必須回答任何問題。」

那人在驚惶之中，現出狡猾的神態來：「我不相信你會殺我，殺了我，你們如阿處置我的屍體？」

陳長青裝出一副兇相來：「別說他們三個人了，單是我一個，就有八十七種方法，可以使得你這副臭皮囊的每一個細胞，都在空氣中消失，如果你已經決定慷慨就義，請先告訴我你選擇哪一種。」

黃堂接口道：「如果你合作，我們可以當作什麼事也沒有發生，你自己從電線杆上滑下來的。」

這一下軟硬兼施，那傢伙眨了幾下眼睛，又向我望來：「我知道你夠鎮定，但是全世界特務都在打你主意，你還能這樣鎮定，我真是佩服。」

我聽得他這樣講，並不害怕，可是也忍不住暗暗叫苦不迭，我的生活之中，雖然充滿了各種各樣的冒險，也要接觸各種各樣匪夷所思的人物，可是我對於各類特務，一直敬鬼神而遠之，寧願和來自不知名星球的外星怪物打交道，也不願意和特工人員多來往。儘管外星生物的外形可能醜惡之極，但是醜惡的外形會習慣，醜惡的心靈，卻無可救藥。

這時，我聽得那人這樣說，已經多少可以知道一下事態。宋天然的「照片事件」發作，不但東西兩大陣營特務機構，感到震動，其餘各個小國家的特務系統，自然也大為震驚。宋天然在寄出照片的同時，也列上了我的名字，事情就夠嚴重了。宋天然有什麼來頭，全然沒有人知道，可是我卻幹了不知多少稀奇古怪的事情，在很多國家的情報機構中，都有案可稽。

如果這件事，牽涉在內的只有宋天然一個，那還比較單純，雖然他提出來的解釋，仍然不可思議，但由於的而且確，他的背景，單純之極，人家就算不相信，也只好接受。

可是，一有我牽涉在內，情形就大不相同，有誰肯相信那個不可能的「巧合」？自然以為我神通廣大，不知用什麼方法，獲得了極度機密的情報。說不定還會懷疑，假設我和什麼外星人有聯絡，有着超人類科學的設備，可以事先獲知絕對秘密的軍事情報。這樣的話，我一定會招惹極大的麻煩！

那人的話已說得很明白，全世界的特務，都把注意力集中到我身上。本來，應該是集中在宋天然和我身上，但宋天然不知道已被哪一個特務集團「捷足先得」，自然而然，就只剩下我一個人了！

想到這裏，我有一種極怪異、極不自在的感覺，就像是全身塗上了蜜糖，而有成千上萬的螞蟻，正洶湧向我撲來！

我不由自主向小納望了一眼，心中明白，黃堂來找我，當然是小納的主意，他正是那萬千隻螞蟻中一隻十分巨大的。

我心中暗嘆了一聲，只盼這件事，愈快解決愈好，突然之間，我興起了一個十分古怪，但是也十分有用的念頭，我伸手在那人的肩頭上，輕輕拍了一下。

雖然我的動作，完全善意，可是由於我手上戴一隻戒指，那傢伙顯然怕我的戒指上，會忽然有毒針射出來，在那一霎間，臉色變得難看之極，不由自主，側過頭去，看着肩頭上被我拍過的地方。

我看了這種情形，真是又好氣又好笑，忙道：「朋友，你放心，我絕對不會害你，只是想請你幫我一個忙，不知道是不是可以？」

那人急速地眨着眼，顯然是一時之間，不知道我那樣說是善意還是惡意。

我不理會他，自顧自道：「你剛才說的話，我相信是實情，所以，我想請你把所有如今在注意我的貴同行，全都集中起來，我可以只花一次時間，向所有人解釋清楚一切你們想知道的事情。」

那人一聽，現出了訝異莫名的神情，像是聽到了一個億萬豪富要召集所有等錢用的人，把他的財產拿出來和別人分享一樣。

他的喉核上下移動，還未曾回答，我正想再誠心誠意地說一遍時，小納突然道：「衛，我是不是可以和你私下談一談？」

陳長青也急着道：「什麼事？如果十分神秘，衛斯理，先打聽打聽行情，再說不遲，別白白便宜了人！」

小納正色道：「衛，我代表我的組織，願意付出任何代價，得知內情。」

黃堂的神情十分尷尬，我則哈哈大笑了起來：「小納，你一個仙也不用花，真的，我絕對會把真相說給你聽，不過你要是不相信，我可沒有法子。」

小納神情極度猶豫，向黃堂望去，黃堂嘆了一聲：「真的，雖然難以令人相信，但是我相信。」

陳長青聽得我們的對話，好奇心熾烈至於極點，連聲問：「什麼事？究竟是什麼事？」

他不但問，而且人像是斷了頭的蒼蠅，在團團轉，可是卻誰也不睬他。我向那人說道：「你可以走了，如果你能盡力把你所有的同行召集起來，我想卡爾斯將軍，一定會很高興你有那樣的工作能力。」

那人本來還在猶豫，可是一聽得我這樣說，他陡然「啊」地一聲，跳了起來：「我盡力，我一定盡力，我怎麼再和你聯絡？」

我道：「隨時可以打電話給我，我相信我的電話號碼，早已不是什麼秘密！」

那人連連應着，又指着被小納搜出來的那些東西。小納的神情十分難看，揮了揮手，那人拿起了所有東西，落荒而逃。

小納望向我，眼光和神情之中，充滿了不滿，我暫且不對他作什麼解釋，我知道他對我不滿，是他認為看在我和他父親交情的份上，應該盡力幫他的忙。可是他卻不知道這件事的本身是多麼古怪，我實在幫不了他什麼。

我向他作了一個手勢，白了陳長青一眼，想他知難而退，但那猶如蜻蜓撼石柱，他毫不猶豫，義無反顧，跟了上來。

到了書房，我指着散在書桌上的那疊照片，對小納道：「這裏有一批照片，哪一張是衛星拍攝到的火箭陣地圖？」

小納一步跨了過去，一張一張揭過那些照片，神情充滿疑惑，然後，他陡地定了下來，盯着其中的一張，吸了一口氣，轉過頭，向我望來。

我立時向那張照片望去。

所有的照片，我已經說過了，其實都沒有什麼特別，這一幅也是一樣，只是有着許多深淺不同的陰影和黑點。

小納看到我的神情有點發獃，他猶豫了一下，伸手在上衣之中，取出了一個紙袋，抽出了一張照片，放在那張照片的旁邊，陳長青搶過去看，一下子就叫了起來：「一樣的兩張照片，怎麼一回事。」

我和黃堂也看到了，小納取出來的那張照片，尺寸比較小，但是兩張一樣，那毫無疑問。

我吸了一口氣，小納道：「衛先生，請你解釋你這張照片的來源。」我向他作了一個手勢，示意他先坐下來，然後，我一五一十向他說明我這張照片的來歷。

我說到一半，陳長青由於知道上半截故事，不由自主，不斷發出「啊啊」的聲音來。小納聽得雙眼發直，一直在重複：「不可能，不可能。」

等我講完，他還是在説着這幾個字。我苦笑了一下：「小納，聽起來真是不可能，但事實上又的確如此。」

他無意義地揮着手，指着照片上一條細長的深紋：「這是阿富汗境內，中部地區一條著名的河流，河流的右邊是高原地區，全是山陵，蘇聯軍隊在這些山陵之間，開築了不少路，你看，這些路，全在照片上。這是一座軍營，天，軍營建築物的排列，完全一模一樣，那些——」

他指着十來個在照片上看來，分佈在各處，顏色較深的點：「這些，就是發射火箭的基地，位置和人造衛星拍到的，完全一模一樣，天，這怎麼可能？」

聽得他指指點點，一一道來，我也同樣想叫一句：「天，這怎麼可能。」

但是，整件事的來龍去脈，我再熟悉也沒有，就是這樣子，絕無可能的事實，就在我們的眼前。

我和黃堂，對於小納充滿了疑問的眼神，都保持着沉默，陳長青忽然尖聲叫了起來，他的叫聲，真的十分尖銳，以至我們三個人，都嚇了一大跳，他叫：「天！那座小山是一座寶山。」

他不但尖叫，而且在不由自主喘着氣。黃堂悶哼了一聲：「那座小山，除了石塊之外，並沒有蘊藏什麼寶物，怎能稱為寶山？」

這時，我倒已經知道陳長青稱那座小山為「寶山」是什麼意思了！

果然，陳長青立時氣咻咻地道：「當然是寶山，自這座寶山中開採出來的每一塊山石，上面的花紋，都預言着一件已發生或會發生的事！」

黃堂和小納陡然震動，陳長青更加興奮，指照片：「這一塊石紋，預言了阿富汗的火箭基地，那一幅，預言了將來會在那裏出現的建築群，這一幅——」

他指手劃腳，又指了一幅照片，但是卻說不下去了，因為那照片，實在說不上什麼來。

我問：「請問，這一幅，預言了什麼？」

陳長青用力一拳，擊在桌上：「不知道，現在還不知道，但既然已有兩項實例放在這裏，這石頭上的花紋，一定有意義，或許是一個新城市的規劃，你看，有旋轉的圖紋，或許是一場暴風的氣象圖片，或許是一個人體的病變的放大圖，或許是海底的一組巖石，可以是任何情形，只不過我們不知道，這座小山的每一塊石塊上的花紋，都表示一件會發生或已發生的事。」

陳長青說到後來，慷慨激昂，他說的話，聽來雖然十分荒誕，但是整件事如此，倒也無法反駁。

陳長青說完，也不等我們有反應，立時匆匆向外走去。

他走得急，我伸手拉他，一把竟然沒有拉住，我喝道：「你到哪裏去？」

陳長青頭也不回：「我去搜購那家地產公司的股票，取得控制權，這座小山就歸我所有，我就可以慢慢來研究，可以在這座小山的石塊上，預知一切將會發生的任何事情。」

陳長青這人，異想天開的妙事不少，我知道他這時，並不是這樣說說就算，一定會立刻開始行動。一時之間，我還不知如何回答他，他陡然轉過身來，不懷好意地瞪着小納，失聲道：「不好，我自己泄漏了行動秘密。」但接着，他又立時鬆了一口氣：「就算你們機構想和我搶購，公家行事慢，開會批准，一大堆手續，而我在三天之中就可以成功！」

他説着，搓着手，躊躇滿志，彷彿那座小山已經屬於他，而他又把那座小山，變成了億萬塊石塊，而他坐在那億萬塊石塊之間，隨手拿起一塊來，看了看上面的花紋，就可以説出一年之後，美國密西西比州中部的一個小鎮，會有三分之二的建築物，毀於強烈的龍捲風。或者，他可以知道，某個偉人的背痛，究竟由什麼病變形成，他會變成人類自有歷史以來，最偉大的預言家，億萬想知道自己未來命運的人，會崇拜他，把他當作救世主！

我揮了一下手：「陳長青，你只不過要那些石頭，何必小題大做？」

陳長青衝着我吼叫：「我要這座小山上的每一塊石頭，少了一塊也不行，誰知道少了一塊的石頭，上面的花紋，顯示什麼？或許恰好是那一塊上的花紋，可以告訴我第三次世界大戰何時爆發。」

我給他氣得說不出話來，黃堂鎮定地道：「陳先生，就算你擁有整座山，你又有什麼法子知道石上的花紋表示什麼？」

陳長青怔了一怔，他顯然未曾想到這一點，一怔之後，他又不住眨眼，過了一會，神情已不再那麼趾高氣揚，多少有點沮喪：「那……那總有辦法的。」

小納十分堅定地道：「作為個人的力量來說，絕不會有辦法。」

陳長青幾乎直跳了起來：「你是說——」

小納打斷了他的話頭：「不，我不會像你那樣，愚蠢到要整座山，我會建議上司，盡可能把這座山中開出來的石頭，作攝影後，進行研究。」

陳長青漲紅了臉：「這座小山，可能預告整個宇宙，至少是整個地球上一切變化。過去、現在和將來！怎可以把它弄得殘缺不全，自然要全部研究清楚。」

小納道：「那只怕已經沒有可能，小山已被開去了一半。」

陳長青來回轉着：「能保存多少，就保存多少！這辦法是我想出來的，你可不能——」

我大喝一聲：「住口，你若是有辦法一看石頭上的花紋，就知道會有什麼事發生，請先告訴我，這裏二十多張照片，昭示什麼將發生的大事？」

陳長青叫嚷着：「輸入電腦去查。」

我悶哼一聲：「這是我和宋天然想出來的辦法。」

陳長青揮着手：「別爭這是誰想出來的辦法，天，老天，真是難以想像，那些石塊上的花紋，每一塊都是無價之寶，顯示過去未來的一切。」

小納十分嚴肅地道：「所以，陳先生，私人力量是達不到這種偉大求知目的，這件事，你不要插手，我會處理。」

陳長青眼睛睜得老大，額上青筋綻起，看起來想和小納拚命。

我看到了這樣的情形，真是又好氣又好笑，他們兩個人這時的樣子，十足是在一大堆寶物前快要起火併的強盜。我雙手按住了他們的肩頭，免得他們愈來愈接近時有過火的行動出現，然後我道：「兩位，請你們靜下來想一想，你們就會知道那座小山上的每一塊石頭，實在一點價值也沒有。」

小納和陳長青兩個人，一聽得我這樣說法，兩人的眼睛睜得老大，我忙作了一個手勢，示意他們先別説話，先聽我的意見。

可是他們兩人還是異口同聲叫了起來：「一點價值也沒有，虧你講得出來！」

當他們在這樣説的時候，一齊用手指那張「火箭部署圖」。

我不讓他們再講下去，立時道：「好，就以這張照片為例，有什麼價值？」

小納和陳長青二人又同時吸了一口氣。

我道：「是的，看起來，好像很有價值，重大的軍事秘密，就在石頭的花紋上。可是，那是在間諜衛星已然拍到了照片之後的事，而在衛星拍到了照片之後，秘密已不成其為秘密，還是秘密時，根本沒有可能知道石頭上的花紋代表什麼。」

陳長青大聲抗議：「可是石頭上的花紋早已存在，存在了幾千萬年，甚至更久。」

我揚了揚手：「事情要分開來說，我只說這些有花紋的石頭，沒有價值，並不是說這件事的本身不奇特、不神秘，相反地，奇特到匪夷所思，但是，卻一點價值也沒有。」

小納的神態冷冷地：「衛先生，我不明白你的邏輯——請你進一步解釋，如斯奇妙的現象，怎麼可以說一點價值也沒有？」

我嘆了一聲：「小納，世上奇妙而不可思議的東西而沒有什麼價值的，太多太多了，路邊任何一種小野花，都奇妙之極，人類或許可以製造出許多東西，但是集中全人類的力量，也無法製造出一朵有生命的小野花，一朵隨隨便便的小野花，包含了不知多少生命的秘奧，不知再過多久，人類也不一定可以了解，可是，小野花遍地皆是，有什麼價值？」

小納呆了半晌，說不出話來，陳長青大搖其頭：「這是典型的詭辯。」

我指着他：「這是百分之一百的事實。」

陳長青道：「事實是這些石頭上的花紋，包蘊着過去、未來、現在世上發生的一切事。」

我道：「對，可是你必須在知道了這些事之後，才知道它的展示，而不是根據它的展示，去知道會發生一些什麼事。」

陳長青急速地眨着眼，我笑着：「對不起，我的分析，打破了你成為世上最偉大先知的美夢。」

陳長青的眼睛眨得更快，我攤了攤手：「你必須接受這個事實，一定在事情發生之後，才能在石頭的花紋上得到印證，而無法自石頭的花紋上，測知會發生什麼事。」

第四部

各方爭取的石紋啟示

小納坐了下來，用手托着頭，顯然他已在我的話中，知道那些石頭，真的沒有價值。而陳長青儘管不服氣，可是也無法反駁我的話。三個人靜了一會，陳長青才喃喃地道：「如果石頭花紋，連過去的事也顯示，還是有用。」

我望向他，他神情又興奮了起來：「譬如説，在攝影術發明之前，沒有人知道歷史上的一些人物，是什麼樣子，就可以在石紋上顯示出來。」

我搖着頭：「你還是弄不清因和果的關係，就算在石頭上，給你找到了一個十分清晰的人像，那只不過是一個人像，你無法知道他是王莽還是趙孟頫。如果你知道了他是誰，那你早已知道了他的樣子，石頭上是不是會顯出他來，又有什麼重要？」

陳長青又呆了半晌，才長嘆一聲，頹然坐倒在沙發上，雙眼發直。

小納則喃喃地道：「我真不知道該如何向上級交代的好，真不知道……」

我也坐了下來：「照實説就可以了。」

小納陡然又跳了起來：「無論如何，怎樣會有這種奇特情形出現，還是值得深入研究。」

我吸了一口氣：「當然值得研究，我建議你運上十噸八噸石塊回去，想把整個山弄回去是沒有意義的。」

小納望我，大點其頭，我又道：「小納，你應該為宋天然出點力，他顯然不知道是落在哪一方的特務手中，這座小山的石頭不計其數，人人可以分十噸八噸，沒有必要綁架他。」

小納苦笑了一下：「那得要他們相信這一切才好。」

一直在旁邊坐着不出聲的黃堂，看來有點發獃，這時他才道：「我相信各方面的特務，很快會來聽衛先生解釋，他們會接受這個不可思議的事實。很奇怪，這件事，使我聯想到人的命運，剛才我一直在想着。」

我們一時之間，都有點不明白他這樣說是什麼意思，黃堂苦澀地笑了一下：「很多人想預知自己的命運，用各種方法去推算——」

陳長青的老毛病又犯了，搶着說：「有很多方法，的確可以推算出命運來。」

黃堂笑了一下：「對，這正是我的意思。推算出來了，又怎麼樣呢？將來的事，始終只是將來的事，等到事情發生，才變為切切實實，而到了那時，事情已經發生了，推算再準，又有什麼用？」

陳長青大聲道：「事先推算準了，可以趨吉避凶。」

黃堂哈哈大笑，拍着我：「剛才衛先生說你始終弄不清因、果的關係，真是一點不錯。算出來是凶，要是可以避得過去，那就說推算將來的事不準；要是準，那表示一定會發生這樣的事，怎麼避得過去？」

陳長青滿面通紅，急速眨眼，大聲道：「就算避不過去，先知道了，也沒有什麼不好。」

我和黃堂齊聲道：「也沒有什麼好。」

陳長青用力一揮手：「我懶得和你們說，我相信在那些石頭的花紋上，蘊藏着人類一切秘密，說不定，我們每一個人的命運，也全在這些石頭的石紋中，我要去弄一大批來，好好研究。」

我帶點譏嘲似地說：「祝你成功。」

陳長青走出了書房，下樓梯，自己打開了門，先聽到了他打開門的聲音，接着，又聽他發出了一下怪叫聲，那一下怪叫聲，真像是被人突然踩中了尾巴的公貓發出的叫聲，我嚇了一跳，忙來到門口：「什麼事？」

陳長青還沒有回答，我已經知道是什麼事了，因為從樓梯上望下去，可以看到大門口的情形，在門口，至少有三十多個人，形形色色，各種各樣的人都有，在最近門處的，就是曾被陳長青擒住，又被我放走的那個，門一打開，他也看到了我，向我揮着手，大聲叫：「衛先生，我能找到的人都找來了。」

那些人來得如此之快，自然是由於他們原來就在我住處附近，這倒很好，事情愈拖下去，愈是對宋天然不利，速戰速決，使這些代表了各種不同勢力的特務，盡快了解事實真相，自然比拖下去好。

我一面下樓，一面道：「請進來。」

那些人爭先恐後，湧了進來，陳長青像是逆流中的小船，努力向外擠出去，口中嘟嘟噥噥，也不知在說些什麼。

等到所有人都進了來，我不去問他們的身分，把黃堂和小納請了下來，然後，就把事情的經過，詳細地告訴這些人。

一時之間，那些人臉上神情之古怪，可以說竭盡人類面部肌肉所起變化之大成，各種各樣神情都有，我把那些照片讓他們傳來傳去看，又把那塊石頭，也放在几上，任由他們去看，然後，我再建議他們，盡可以多弄點石頭回去研究，但是那些石頭，本身其實並無價值。

等我講完，先是一連串十分古怪的聲音，自那些人的喉際發出，接下來，則是一片沉寂。

我道：「令得宋天然先生失蹤是一個錯誤，趕快令他恢復自由，他只是偶然間發現了一件奇事的倒楣建築師，並不是你們的同志，扣押他一點作用也沒有。」

人叢中又靜了一會，才有一個瘦瘦小小的老婦人問：「能借用你的電話？」

我作了一個隨便請用的手勢。那老婦人拿起了電話，按號碼，用低沉的聲音說了幾句話，用的是波羅的海沿岸一帶的立陶宛人的語言，我聽得她在說：「趕快放了那人，一切全是荒謬劇。」

聽她用這樣的語氣說話，不論她是代表着什麼勢力，她的地位十分高，當可肯定。真是人不可貌相，至於極點。等她放下了電話之後，我用同樣的語言道：「你用荒謬來形容整件事，倒十分恰當。」

那老婦人驚訝於我會說立陶宛話，睜着眼睛望了我半晌：「衛先生，宋天然沒有用，你有用！」

她輕描淡寫的那句話，令我嚇了一大跳，忙道：「沒有用，一點用也沒有。」

看不出，這瘦小的老婦人，十分促狹，看到我認真分辯，哈哈大笑。一面笑着，一面對幾個人道：「衛先生的建議十分有用，反正石頭多的是，一塊可以研究幾十年，走吧。」

那幾個人跟着她走了出來，看來她的勢力還真不小。

（我之所以在這裏，多用了一點筆墨，來記述這個瘦小的老婦人，是因為就在這樁事之後不久，我和她又有見面的機會。）

（又有「荒謬」的事發生，我會接着就記述那件古怪的、難以想像的事。當然，在以後的接觸中，我也知道了這個其貌不揚的瘦小老婦人真正不簡單的身分！）

當時，我所知道的，是這個老婦人，在這些人之中，有一定的影響力，她和幾個人一走，其餘人也陸續離去，走的時候，大都說客套話：「很高興認識你」之類，我則一律答以：「我並不想認識你，也不想再見到你。」

不一會，所有人全都離去，只有小納和黃堂還在，未見小納，我感到十分高興，可是一見之後，發現他有他的職業性格，而我極不欣賞，他和他父親不同，只怕我們之間，很難成為朋友。

所以，我們隨便又交談了幾句，他也感到了這一點，就和黃堂一起離去。

客廳中只剩下我一個人，我雙手托頭，想起發生過的一切，心知所有人，包括陳長青，不知會花多少時間，去研究石頭上的花紋，象徵什麼，但是我卻決定，我對這件事的看法，和他們略有不同，我想要知道的是：何以石頭上的花紋，會和世間發生的事相吻合。

那當然不是巧合，巧合不可能到這種程度，一定是有某種不可測的力量，形成這件事，去探索這種不可測的力量究竟是什麼，這才是我所要做的事。

然而，又從何開始這樣的探索呢？無從着手。我想了一會，不得要領，想起宋天然應該已經恢復了自由，就打了一個電話，接聽電話的是溫寶裕，我道：「你舅舅——」

他不等我講完，就已經叫了起來：「已經回來了，我們正準備來看你。」

我皺了皺眉，宋天然來看我，當然起不了什麼作用，但是我和他之間，還有一點事要商量，所以我想了一想：「好，你們來，你們還是要小心一點，那些人……不見得完全相信我的話。」

溫寶裕大聲答應着，放下了電話，我在客廳中來回踱着步，作種種可能的設想，可是沒有一個設想能在抽象的觀念上成立。

過了不多久，門鈴響起，我打開門，溫寶裕大叫一聲，衝了進來。我看到宋天然從一架小貨車上跳下，那輛小貨車，還帶來了兩個搬運工人，把一隻大竹簍，吃力地自車上搬下。

我大是愕然：「這是什麼？」

溫寶裕道：「就是那三十塊石頭，舅舅說，他不想再因為那些石頭惹麻煩，可是又不捨得拋掉，所以全弄到你這裏來，你神通廣大，一來可以深入研究，二來，也沒有什麼人敢惹你。」

我啼笑皆非，可是宋天然已指揮搬運工人把竹簍抬了進來，又自竹簍之中，把那些大小石塊，一起搬出，堆在客廳一角，他們工作完了，一面收宋天然給他們的費用，一面向我道：「先生，要這些石頭砌假山？」

我只好報以苦笑，含糊以應，搬運工人離去，宋天然才道：「衛先生，真想不到，石頭上的花紋，竟會和火箭部署圖一樣。他們把我當作世界上最偉大的間諜，真不知從何説起。」

我請他坐了下來，溫寶裕和他舅甥之間的關係相當好，宋天然一坐下，溫寶裕就在沙發背後，緊靠着他，我道：「所有的經過，你全知道了？」

宋天然點頭：「他們對我十分客氣，先是問我如何在事先會知道蘇聯方面的最高軍事機密，我自然不知道他們在説什麼，後來他們一解釋，我就知道怎麼一回事，可是他們不信我的解釋，後來，他們接到了首領的電話，就把我放了。」

我「哦」地一聲：「那個瘦瘦小小的老婦人，是他們的首領？」

宋天然道：「多半是，他們是……何方神聖？魔鬼黨？還是——」

我沉聲道：「我想是一個有勢力集團的特務人員，極可能是蘇聯集團。」

宋天然和溫寶裕同時伸了伸舌頭，我又把在我這裏發生的事，和他們講了一遍，最後道：「我看，未來幾天，會有不少人到你的工地去問你要石頭，不必拒絕他們，這些石頭雖然奇妙無比，但實際上沒有什麼價值。」

不等他們表示異議，我就把我的想法，又向他們說了一遍。

溫寶裕側頭看着堆在客廳一角的那幾十塊石頭：「我們有了一個寶庫，明知寶庫之中，什麼都有，可是卻無法打開。」

我笑道：「對了，而且，寶庫一開，寶庫中的一切，見風就化，變得一點用處也沒有。」

溫寶裕又想了一想，跳過去，托起了一塊石頭來，指着那塊石頭較為平整的一面：「這塊石頭，其實可以有無數面花紋，如果把它切成薄薄的石片，我想每一片石片上的花紋都不同。」

我「嗯」地一聲：「理論上是這樣。」

溫寶裕來到了我和宋天然中間，指着石上花紋，那塊石頭上的花紋，是一團較深色的不規則的陰影，看不出是什麼東西。

我對這塊石頭上的花紋，並不陌生，因為宋天然曾把這裏所有的石頭較平整一面，都拍成照片，那些照片，我也看了許多遍，自然有印象。我道：「小寶，研究石頭上的花紋，我已說過了，並沒有意義，真要研究的話，該問為什麼會有這種情形出現。」

溫寶裕道：「是，我同意，我忽然有了一個奇特的想法。」

溫寶裕雖然只是一個少年，可是他的想法很有獨特之處，所以我作了一個請他繼續說下去的手勢，溫寶裕十分高興，指着那塊石頭：「這上面的花紋，沒有人知道是什麼，只知道世上一定有其一個現象，與之吻合。」

我笑了起來：「可以這樣說，這個與之吻合的現象或許已經發生了，或許，還沒有發生。」

溫寶裕大點其頭：「這個現象如果是靜態的，那就不必深究了，如果是動態的，它的變化，是不是會隱藏在這表面之後？」

我一聽得他這樣說，不禁心中「啊」地一聲。他想到的，我未曾想到過。

宋天然皺眉，有點不明白小寶這樣說是什麼意思。溫寶裕提出的問題，相當複雜，他只是簡單地一說，我就明白了，那是因為我和溫寶裕的思想方法相當接近。

所以，當溫寶裕望向他舅舅，看到他舅舅神情疑惑，想要進一步解釋一下，而又不知道如何解釋之際，我道：「小寶，你用那塊和他設計的建築群一樣的那塊石頭來解釋，他會比較明白。」

溫寶裕立時明白了我的意思，他雙手一托，像是把籃球投籃一樣，把他剛才托在手中的那塊石頭，向客廳一角，其餘的石頭拋去。少年人做事，總是這樣，我也習慣了他的這種動作，他要是肯老老實實托石頭走回去放好，那才是怪事。

我伸手向書房指了指，他飛快地奔上去，把那塊，宋天然第一次帶來給我看的石頭捧在手中，又連跑帶跳，奔了下來，把石頭放在我們前面的几上，指着石上的花紋：「我們都知道，這上面的花紋，顯示了未來的建築群。」

他講到這裏，有點裝模作樣地頓了一頓，宋天然道：「這早已證實了，大約兩年，這樣的建築群，就會出現。」

溫寶裕望向我，我已知道他想說什麼，就作了一個手勢，鼓勵他說下去。

溫寶裕道：「假設，石頭上的花紋，能顯示兩年後的一種現象，也應該可以顯示二十年後的現象。」

宋天然是一個建築師，想像力比較差，一聽之下，第一個反應是：「二十年後？二十年之後，建築群一定還在，還是一樣。」

溫寶裕道：「如果，在二十年之內，或者，若干年之內，忽然出現了災變，例如戰爭、地震，使建築群起了變化，例如說，兩幢大廈倒坍了，那就是說，建築群起變化，變化的結果，理論上來說，也早已在石紋上注定了。」

宋天然神情疑惑，但他還是點着頭，溫寶裕吸了一口氣：「我想，顯示建築群以後變化的石紋，應該也在這塊石頭之中，如果把這塊石頭剖成薄片，我想，剖開之後石片上的石紋，就顯示着建築群以後的變化。」

溫寶裕一面說，一面雙手比着，經過他這樣一解釋，他的設想，就容易明白多了。

他解釋得十分清楚，我鼓掌表示讚賞。

宋天然呆了半晌，又搖了搖頭：「這……聽來似乎很有道理，可是事實上，一個建築群，可以維持原狀，不會超過一千年，總是會有變化的，就算沒有任何災變，一樣會在若干年之後，蕩然無存。」

溫寶裕一時之間，不知如何回答才好，我接上去道：「自然，在理論上來說，沒有永恆存在的東西，若干年之後，聳立建築物的地方，可能變成更多的建築物，可能重歸混沌，這沒有人知道。小寶的想法是，日後的變化，隱藏在目前顯示出來的花紋之後。」

宋天然「啊」的一聲，神情迷惑。

我從溫寶裕的設想之上，再進一步設想，指着那塊石頭道：「這石頭表面，只要被磨去薄薄的一層，花紋就會有不同變化，不知道石頭每減少一厘米的厚度，是表示多少時間？如果把變化一幅一幅拍攝下來，可以知道建築群在今後若干年的變化，或許，在磨去了一公分之後，就完全不同了，那就可能，一公分石頭的厚度，就代表了一萬年。」

溫寶裕叫道：「或者是十萬年。」

宋天然笑了起來：「很有意思。」

我吸了一口氣：「想不想知道，你精心設計的建築群，在若干年之後，會變成什麼樣子？」

宋天然忽然悲觀起來：「將來，自然是一無所存，不必看也想得出來。」

溫寶裕壓低了聲音：「我想，即使只是極薄的一層表面被磨去，也一定代表了極久遠的年代，像那幅火箭部署圖，就算蘇聯人改變了，都可以在這塊石頭上知道。」

我也在同時，想到了這個問題，那塊石頭，在客廳一角的石堆之中，這種設想，那些特務只怕還沒有想到，不然，這塊石頭，對他們來說，就是無價之寶，那地方火箭部署的情形，一直會在石塊上顯示出來。

我忙向溫寶裕作了一個手勢：「這種設想，別對任何人說起。」

溫寶裕和宋天然也想到了我出言警告的原因，一時之間，他們都有駭然的神色，沉默了好一會，我才道：「小納，是我一個好朋友的兒子，可以讓他來做這工作，我把我們的設想告訴他。」

我又說：「蘇聯必然會改變火箭的部署，叫他小心處理這塊石頭，我們的設想是不是事實，就可以得到證明。」

溫寶裕大表同意，高舉雙手。宋天然站了起來，來回走着，神情迷惑，顯然他又想到了什麼問題，過了一會，他才站定身子：「爆石工程的目的，是將那座小石山炸平，石塊的形成，可以給我們看到的，全然是由於偶然的因素，這真是巧極了，如果這塊石頭，不是恰好從這裏被爆裂開來，這種奇異的現象，就永遠不能被發現了。」

我同意他的說法：「是，這是巧合，機會率極少的一種巧合——在生活中，這種或然率極小，但又是一直發生着的事，卻每一秒鐘都可以遇到——」

我順手拿起一支煙來，點燃，吸了一口：「譬如說，一支煙，到我手裏，被我在現在點燃，這或然率的分母，只怕是天文數字，機會少極了，但我隨便拈一支煙，就發生了這樣的事。」

宋天然對我的解釋表示滿意：「一切事情都太奇妙，冥冥之中，自有一股力量，早已決定了一切。」

我道：「是的，對任何事物而言，所謂『冥冥之中的那股力量』，實際上，就是主宰一切的命運，不論是人是物，甚至於整個地球、整個宇宙，都擺脫不了這個力量的主宰。」

宋天然和溫寶裕兩人，聽了之後，呆了半晌，然後一起向我望來：「這種力量，來自何方？」

我眉心打着結，緩緩搖了搖頭。

當然，照基督教的《聖經》說：力量來自至高無上、唯一的神，耶和華，上帝！

一時之間，我們三個人都默不作聲，隱隱感到那股不可測的力量，正在主宰操縱着一切。

這股力量，根本是不可捉摸的，但是誰又能否定它的存在？

這股力量，使人在思想一旦感到了它的存在，就不得不承認，這是宇宙之間最大的、最不可抗拒的力量。

過了好一會，我才緩緩地吁了一口氣：「別去想我們想不通的事了——或許，將來會有新的發現，有助於解決這個問題。我看，你的建築地盤，會有幾天忙碌，那些人全都想得到石塊，最好先安排一下，免得到時，那些人打破頭。」

宋天然苦笑點頭，和溫寶裕一起告辭離去。

我望着堆在客廳一角的那些石塊，發着怔，心中想，石頭上有花紋，那是極普通的現象，幾乎每一塊石頭都有，除非是石上的花紋十分逼真，十分引人入勝，不然決不會引起注意。

整個地球上，由各種各樣巖石組成的山嶺，不知道有多少，是不是那些山嶺上的石塊上的花紋，也預言着什麼或昭示着什麼？還是只有這座小石山上的石塊上的花紋，起着這樣的作用？

我來到了石堆前，一塊塊搬起來看。那些石塊平整一面上的花紋，我已看得十分熟悉。

過了好久，我才放棄了思索，上樓去休息。

接下來的幾天，宋天然每天都和我維持着電話聯絡，告訴我建築地盤上的事，爆山工程繼續進行，地盤中十分熱鬧，至少有三十起以上的各路人馬，在每次爆破之後，忙着找尋有比較平整面的石塊。雖然未曾引起什麼爭執，但是他們的行動，也看得地盤上的工人，嘖嘖稱奇，不知這些人要石頭來幹什麼。

那些人倒也守口如瓶（這自然是他們的職業習慣），不論別人怎麼問，都一言不發，只是一個勁地搬石頭，而且都自備運輸工具，將揀出來的石頭搬走。

宋天然又在電話中說，那個身材瘦小的老婦人和她帶的人最貪心，一連三天，每天都搬走大量的石塊，甚至有一艘船，泊在就近的海面，把石塊運上船去。最後一次，她望着至少還剩下一半的石山，大抵是想到終於無法把整座山都搬回去，才搖了搖頭，依依不捨離去，估計她手下人搬走的石塊，超過一千噸。

聽了那老婦人這樣的行動，自然不免感到好笑。但一想到那老婦人所代表的，可能是蘇聯集團的龐大勢力，倒也不足為奇，他們有足夠的人力和設備，可以對每一塊石頭，進行長時間的研究，就算一點結果也沒有，他們也浪費得起。

值得注意的是，小納所代表的美國方面，卻並沒有人去搬石頭。只不過小納和宋天然見過面。那是在我和小納分手之後的第三天，宋天然也將經過情形，詳細告訴了我。小納向宋天然提出了一個要求，要求宋天然，在爆破工程之中，如果有什麼「異樣物體」發現，務請和他聯絡。

宋天然不知道小納所謂「異樣物體」是什麼意思，小納的解釋是石頭山開出來當然全是石頭，「異樣物體」就是除了石頭之外的物體。

當宋天然向我這樣說的時候，我也不禁佩服小納心思的縝密。他沒有和其他人一樣，去爭那些石頭，因為他已經接受了我的想法：那些石頭本身，沒有意義，重要的是何以形成這種現象的原因。於是，他就設想在山中，可能蘊藏着什麼別的東西，所以要宋天然留意。

宋天然答應了他的要求，小納卻做了兩件不應該做的事。第一件，他給了宋天然一張面額相當大的支票，作為請他留意「異樣物體」的酬勞。那令得宋天然勃然變色。宋天然事後解釋說：「我也不是什麼清高，可是我知道，特務機構的錢拿不得，一拿，那就等於成了他們的自己人，我可不想有這樣的身分。」

由於第一件事，小納令得宋天然十分反感，所以第二件事，宋天然當時沒有什麼反應，只是把他敷衍了過去，但卻在事後，立即告訴了我。

小納要宋天然做的第二件事是：「如果真有什麼異樣物體發現了，千萬別對任何人說起，只和我聯絡，尤其，別對衛斯理說。」

這樣的話，引得宋天然十分反感，當他向我講起，兀自憤然，我則搖着頭：「他有他的立場，不能太怪他。」

宋天然憤憤不平地道：「我還以為你和他是好朋友。」

我十分感嘆：「我和他的父親是好朋友，和他，只是認識。」

宋天然仍然很激動：「哼，真要是發現了什麼東西，我絕不會告訴他。不過，他倒提醒了我，這座小石山，有點古怪，可能裏面真有點什麼怪東西藏着，我要常駐在地盤留意。」

我對他的決定，不置可否，也不知道他是不是履行了他的決定。

因為在第二天，我就接到了白素的電話，從法國打來的：「爹的病情惡化，你最好來一次。」

一放下了電話，我就決定盡快起程。白老大的身體一直十分壯健，但愈是壯健而沒有小毛病的老人，如果一旦患起大病來，就是十分凶險的大病。

我第二天動身，第三天，就到了醫院，就是在里昂的那家醫院，上次在這家醫院之中，我和白素，第一次見到了傳奇人物馬金花。

（馬金花的故事，記述在《活俑》之中。）

我和白素一起在醫院的走廊，走向病房，白素憂形於色：「爸的腦部，醫生說，有一個血瘤，十分小的那種，正在形成，如果形成，那麼他的生命，隨時可能因為這個小瘤而喪失。這種小瘤，可能比針尖還小，但是卻足以令得那麼大的一個人死亡。」

我皺着眉，雖然我的醫學知識十分普通，但是足以知道這種腦中的小瘤，的確致命，這種小瘤，是潛伏的殺手，不發作的時候，患者和正常人完全一樣，但卻可以在一秒鐘之內把生命奪走。

我只好空泛地安慰着她：「在形成中？或者未必形成，不必太擔心。」

我們來到了病房的門口，白老大宏亮的聲音透門而出：「小伙子，別在我面前要花樣，我擁有的博士銜頭之多，足以令得你們咋舌，快把紅外線掃描拿來給我看。」

我推開了門，看到白老大半躺在牀上，看起來精神很好，旁邊有三個醫生在，那些醫生的神情，都很尷尬。白老大一看到了我，就高興了起來，指着他自己的頭部：「這裏面，可能有點毛病，他們作了紅外線掃描，可是想將結果瞞着我，你說混帳不混帳。」

白素忙道：「爹，醫生有醫生的理由——」

白老大陡地提高了聲音：「屁理由。」

他一面說，一面掀開半蓋在身上的毯子，一躍而起：「不把掃描結果拿來，我這就走。」

那三個醫生中的一個忙道：「好，好，拿來，拿來。」

白老大這才呵呵笑，坐了下來，問了我一些話，興致很高，白素也強忍着憂慮，陪他說笑。白老大在說了一會之後，忽然感嘆地道：「人，總是要死的，自從有人以來，還沒有一個人，可以逃出死亡的。」

白素有點悠悠地道：「神仙就可以。」

白老大搖頭：「我可不要當神仙，小衛向我說過的那個古董店老闆變成了神仙的故事，我看不出當神仙有什麼樂趣，餐風飲露，哪及得上大塊肉大碗酒快樂，神仙的嘴裏，只怕會淡出鳥來。」

我不禁「哈哈」大笑，把「神仙」和「嘴裏淡出鳥來」連在一起，也只有白老大這種妙人才想得出。

白老大又道：「所以，生死由命，還是接受命運安排的好。」

他忽然又傷感了起來，我和白素都不便接口。就在這時，醫生已將一大疊掃描圖，拿了過來，三個醫生、白老大、白素和我，一起湊前去看。

才看了一看，我心頭就陡地打了一個突。

紅外線掃描圖，不是內行人，看來全然是莫名其妙的，不知是什麼東西，只是一團團模糊的陰影而已。

這時，一個醫生指着第一張圖，解釋着：「這經過了一千五百倍放大，就在這一部分，有病變的迹象，這一團陰影，如果病變持續，就有可能形成一個瘤——」

那醫生指的那團陰影，呈不規則狀，看來有雞蛋那樣大小，那是放大了之後，原來，自然小得怕連肉眼都看不見。

在那團較深的陰影之旁，是一些深淺不同的其他陰影。

我一看到那圖片，就打了一個突，接着，我不由自主，發出了「啊」地一下驚呼聲，神情怪異莫名。白老大瞪了我一眼：「小衛，大驚小怪幹什麼？就算形成了，也不過是一個小瘤。」

我對於白老大所說的話，根本沒有怎麼聽進去，只是反手握住了白素的手，手心冰涼，滲着冷汗。這種異常的反應，令得白素吃了一驚，她立時望向我。

這時，我自然沒有法子向他們作詳細的解釋，何以我會如此震驚。

那幅紅外線掃描圖，我十分熟悉，一眼看去，就十分熟悉，看多兩眼，我已經可以肯定，圖片上顯示的一切，和第一批，我與宋天然寄出去的那三十張攝自石頭表面花紋的照片中的其中一張，一模一樣。

儘管已經有過兩次的「巧合」，但是那時，我還是如同遭到了電殛，目瞪口呆。

白素向我望了一眼之後，低聲問：「你怎麼啦？」

我深深吸了一口氣，盡量使自己鎮定下來，指圖片問：「這是放大了一千五百倍的？」

醫生點頭：「是，掃描圖一定要放大。」

白老大悶哼：「人老了，身體總有點出毛病的地方，不值得大驚小怪。」

一個醫生道：「不，這種病例，我們經歷不少，一旦形成了瘤，就十分麻煩，我想……我們的意思，在瘤還未形成之前，可以先採取激光治療法，將病變的程序打亂，使小瘤不能形成。」

白老大翻着眼，儘管他有好幾個博士的銜頭，思想十分科學化，但是人到年紀老了，總不免會有點古怪的念頭：「一群妖魔要聚在一起生事，若是將之驅散，那群妖魔四下各自生起事來，豈不更糟糕？」

那三個醫生怔了一怔，顯然一時之間，未聽明白白老大這樣說是什麼意思，白素忙道：「他的意思是，激光治療，會不會反而使病變因素擴散？」

三個醫生神情嚴肅：「當然，不排除這個可能。」

白素沉吟着：「那樣，豈不是更加危險？」

一個醫生嘆了一聲，又拿過那張放大了的掃描圖來，指着那團陰影旁的一股暗影：「看，如果形成了瘤，這個瘤，將附在這條主要血管之上，這極嚴重。小瘤的擴大，再變化，或是破裂，都可以使這條血管破裂，那就……」

白老大悶哼一聲：「輕則四肢癱瘓，重則一命嗚呼。」

白素輕輕頓了一下腳，叫了一聲：「爹。」

白老大伸手在她頭上輕輕拍了一下，白素道：「現在接受治療，可能有危險，但也有好處，唉……應該怎麼決定才好？」

第五部

只能得到前一半

白素本來十分有決斷力，而且處理事情，極其鎮定，可是這時，卻心慌意亂，自然由於事情和她父親的生命有關。

白老大推了我一下：「怎麼，小衛，你也出點主意，別像鋸了嘴的葫蘆。」

我在一旁，一聲不出，因為我思緒十分紊亂。看到了白老大腦部紅外線掃描圖，和石頭上的花紋一樣，思緒之亂，真是難以形容。直到白老大問我，我才勉力定了定神：「這……我看也不必忙於決定——」

一個醫生打斷我的話頭：「愈快愈好。」

我閉上眼睛一會：「三天，總可以吧。」

三個醫生一起皺眉，神情勉強，但總算答應了。白老大瞪了我一眼：「小子有什麼錦囊妙計？」

我忙掩飾着道：「沒有什麼，我只是……希望有時間，多考慮一下。」

白老大搖着頭：「沒有結果的事，現在沒有，三天之後也不會有。」

我沒有再說什麼，醫生又指着圖片，解釋了半晌，等醫生離去，白老大以極快的手法，自枕頭下取出了一瓶酒來，大大喝了一口：「悶都悶死了，還不如回農莊去。」

白素堅決道：「不行。」

我們一直揀些閒話說着，雖然我心中極其焦急，想把一切告訴白素，但白老大顯然沒有讓我們離去的意思。白素也看出了我的心神恍惚，頻頻向我望來，最後連白老大也看出來了，他揮手趕我們走：「去，去，我要休息一下，明天再來好了。」

我和白素這才退了出來，一出病房，我就向白素提起宋天然來看我的事。白素為了照顧白老大，就在醫院附近，租了一層小小的公寓，屋子雖然小，但是設備齊全、舒適，步行到醫院，只消三分鐘。

我一面走，一面講述着一切經過，像所有人聽到了敘述之後的反應一樣，白素的神情，訝異莫名。等到了那層公寓房子之中，我繼續在講着，白素一面聽，一面調弄着咖啡。

我講得相當詳盡，不但講事實，而且還講了我們所作的種種設想。

白素並沒有發表太多意見，她只是說了一句：「這全然無法設想，不必多費心神了。」

我苦笑了一下，又說到了我、宋天然、溫寶裕想到的，石上的花紋，是不是可以連環地顯示出今後事態的發展的設想。等我講完，白素深深地吸了一口氣，凝視着我，用十分小心的語氣問：「你……是不是想告訴我，爸腦部的掃描圖片——」她講到這裏，停了下來。她十分聰明，已經想到了有什麼事發生了。

我屏住了氣息，緩緩點了點頭：「是，一模一樣，真不可想像！石頭顯示的，是一個病人的腦部紅外線掃描的一千五百倍放大圖！」

白素一向能接受怪誕的事，可是這時，她也不禁喃喃地道：「不可能，實在不可能！」

我嘆了一聲：「事情實實在在放在那裏，那張圖片，甚至那塊石頭，就堆在我們客廳的一角。」

白素陡然道：「如果你們三個人的設想……成立……」

我接上去：「我想到的，就是這一點，石頭表面顯示的，是如今的情形，極小心打磨，會顯示出下一步的變化來？可以看出是形成了瘤，還是病變因素停止活動？如果真可以的話，十分有助於是否現在接受激光治療的決定。」

白素在來回走着，忽然站定，現出苦澀的笑容：「有一個邏輯上的問題——」

我立即點頭：「是的，我早已想到過，如果下一步，顯示是一個瘤，那就一定是將來的事實，無法改變。」

白素「嗯」地一聲，我又道：「但也有可能，下一步顯示的是沒有瘤。」

白素的神情充滿了疑惑：「如果沒有瘤，那表示什麼呢？」

我道：「表示激光治療有效，至少我們可以作這樣的假設。」

白素表示同意：「要不要對爸説？」

我遲疑着：「恐怕說不明白。」

白素道：「要是不說，我們如何可以離開幾天？」

我想了一想：「可以託人辦這件事，就算石頭弄來了，在這裏也沒有打磨的工具，我想……可以託……」

我首先想到託宋天然做這件事，又想到溫寶裕，但最後，我決定請陳長青。白素也同意，因為陳長青對於這類稀奇古怪的事，十分有興趣，做來興致勃勃，絕不會怕麻煩。

我和陳長青通電話，電話才一接通，我卻聽到了溫寶裕的聲音，一時之間，我還以為自己撥錯號碼了，我問：「小寶，你在陳長青家？」

溫寶裕道：「是啊，我們已經成了好朋友，陳叔叔人真有趣。」

我可以想像得出這兩個人在一起的「有趣」情形，陳長青已接過電話來，我道：「長青，託你做一件事，你聽清楚了。」

陳長青這傢伙，有時真是不知怎麼形容他才好，竟然搭起架子來，我才說了一句，他就一口回絕：「對不起，近來我很忙，不能為別人做什麼事。」

我給他氣得差點沒昏過去。

他又道：「我最近忙着磨石頭。」

我知道他所說「磨石頭」是什麼意思，有求於人，說不得只好忍住了氣：「我就是想請你磨一塊石頭，我有了新的發現，那塊石頭，就在我客廳一角，表面上的花紋，正中部分，有雞蛋大小不規則的深色陰影，旁邊有一股較淺色的粗條紋。」

陳長青一聽，登時興奮起來：「那是什麼？天，那是什麼？」

我可以想像得到他不斷眨眼的情形，他不等我回答，又已道：「你一定要告訴我，不然，我不但不替你做，而且把石頭毀去。」

我知道他要是撒起潑來，真是說得出做得到，所以和白素交換了一個眼色，就把實情告訴了他。陳長青不斷在叫着：「天！天！」又在叫着：「小寶，你聽到沒有，天！天！」

我嘆了一聲：「別再叫天了，你叫一聲天，至少要三個法郎的電話費。」

陳長青問：「你想知道病變的變化？」

我應道：「是。」

陳長青說道：「好，我立刻就去拿這塊石頭，我已經設置了極先進的儀器，一定用最小心的手法來做，把圖片用無線電傳真，傳送過來。」

我吁了一口氣：「謝謝你了。」

陳長青大聲道：「謝什麼，天！天！」

他又在不住叫「天」，我也沒法子不聽他叫，他又叫了好幾十下，才掛了電話。

我道：「不必太憂慮，我想明天就會有結果了。」

我不知道陳長青「磨石」設備如何，事實上，石頭被磨去極薄的一層，也有可能代表了好幾千年，又或者，石頭上的花紋根本不能對一件事作連環的顯示，所以，其實我並未寄以太大的希望。

我也有了決定，沒有結果的話，我會勸白老大接受激光治療，總比聽憑瘤腫形成好。

我當時不知道陳長青在用什麼方法「磨石頭」，事後才知道，陳長青有鍥而不捨的精神，他在長途電話中告訴我的「設備」，可以媲美一座小型的精密工業製造廠，其中有一部極其精密的磨牀，還是他硬從一間極具規模的光學儀器廠手中搶購來的，操作的精密度，以數字來計算，可以達到一百米的萬分之一。

接下來兩天，我們都陪着白老大，那三個主治醫師一直在等我們的決定，陳長青的傳真，在第三天傍晚時分到達。

在傳真到達之前，陳長青打了電話來：「經過極小心的處理，一共得到了十幅照片，真是不能想像，被磨去的部分，只有一厘米的八千分之一，花紋已經有了顯着的不同，十幅照片已經通過無線電傳真送來，衛斯理，我們的設想是成立的。石上的花紋，連環顯示着事態的發展，你看了那十幅照片，就會明白我的意思。」

陳長青的語音，興奮之極。未曾看到照片，我還不明白他如此肯定，等到十幅照片到手，我和白素一看之下，也不禁呆住了。

不明究竟的人看來，那十幅照片，可以說沒有什麼差異。但是我們知道照片的來龍去脈，所以一看，就可以明白。

照片中那一股陰影，是腦際一根血管，在十幅照片中，那條血管都存在。在血管旁是一團病變的陰影，順着照片的次序，那團陰影，由大變小，最後一幅上，只有血管，全然沒有那團陰影。

白素看了之後，大是興奮：「看，病變因素消失了。」

誰看了這一組照片，也不能否定那是對其一種情形的連環昭示，我也禁不住興奮：「真是太奇妙了，不知道一厘米的八千分之一，代表了多少時間？」

白素道：「不管多少時間，總之病變因素消失了，證明他不會生瘤，進行激光手術有效。」

我深深吸了一口氣道：「是不是先去徵求一下三位主治醫生的意見？」

白素呆了一呆：「我們如何向他們解釋這些照片的來源？把他們綁在刀山上，他們也不會相信。」

我揮着手，這倒是真的，就算把事情從頭講起，他們也不會接受，我想了一想：「先把那組照片給他們看，聽聽他們的意見。」

白素表示同意，我們一起到醫院，並不通知白老大，只把三位醫生約到他們的辦公室中，然後把那十幅照片取出來，給他們看。

三位醫生看着那些照片，都十分訝異，這在我們的意料之中，他們若是不表示驚訝，那才是怪事。

我也知道他們一定會發出一連串的問題，所以我說在前面：「我知道，三位一定有些問題要問，不過我要說明，有些問題，不會有答案。」

三位醫生互望，神情更疑惑，一個醫生指着照片：「原來白先生早就接受過紅外線掃描，我們不明白，他早該接受治療，為什麼一直任由病變發展，不加理會？」

那醫生所說的話，十分容易明白，可是我和白素聽了，陡然怔了一怔，一時之間，腦筋轉不過來。

我反問道：「什麼意思？醫生，你是說——」

另一個醫生指順序攤開的那十幅照片，道：「我們曾估計，白先生腦部的病變，大約三年前開始形成，你看這一幅照片，顯示白先生腦子這一部位，完全正常，而接下來的一幅，已經有了一個小黑點，那是病變的開始，這是不是三年前所作的掃描圖？」

一聽得那醫生這樣說法，我和白素兩人都呆住了！

竟然會有這樣的狀況，我和白素兩人，都未曾料到。

那幅「腦子這一部位完全正常」的圖片，在陳長青送來的十張照片中，編號第十，是最後的一張，我們以為那是以後的情形。

可是，那三位醫生一看之下，卻一致認為那是以前的情形。

我和白素互望了一眼，我們同時想到了一個可能：那三位醫生決想不到

「以後的情形」可以有照片，所以，他們把照片當作是以前的事。

我忙道：「會不會那是以後，病變消失了的情形？這些照片，會不會顯示了病變逐步消失的經過？」

三位醫生立時現出怪異莫名的神情來，一個道：「病變消失？怎麼能顯示出來？」

我道：「別問原因，請回答我，有沒有這個可能？」

那醫生搖了搖頭，年紀最長的那個道：「不可能，病變消失的病例很多，掃描照片上顯示消失的過程，都是分裂、消失，也就是說，病變的陰影，會先分裂成許多小團，然後再逐漸消失。這一組照片所顯示的，是一種凝聚的形成，陰影逐步增大。」

我和白素面面相覷，一句話也說不出來。

石頭上的花紋，的確可以連環顯示一件事情發展的全部過程，從這組照片上，可以得到證明。可是我們想知道以後的情形，結果卻得到了以前的情形。

整個情形，如果在石頭之中，佔了一萬分之一厘米的厚度，向一邊去探索，得到的是以前的情形，向另一邊去探索，可以得到以後的情形，問題就是，另一邊的石頭，在什麼地方？上哪兒找去？根本沒有可能把那另一邊石頭找回來了。

石頭被爆開，恰好顯示了事情中間部分的花紋，即使在當時，也難以在爆炸過後，找到本來是相連着的石塊，何況現在！落在我們手中的那塊石頭，偏偏是昭示以前情形的，這真是造化弄人之極。

試想，石塊落在我們手中的機會是何等之微，但我們居然擁有了這塊石頭，而另外二分之一的機會，我們卻得不到我們所需要的。

我和白素發怔，那年長的醫生道：「既然三年之前就發現了病變，早該接受治療，拖到現在，已經太遲了。」

他在責備我們，我們有如啞子吃黃連，有苦說不出，我忙道：「是，是，我們會勸白先生盡快接受治療。」

另一個醫生指着照片，還在發牢騷：「這是哪一位醫生進行的？這位醫生不堅持進行治療，是一種不可饒恕的錯誤。」

白素也只好尷尬地應着，又委婉地道：「請三位千萬別在我父親面前提起這些照片的事，不然，他脾氣很怪，一想拖了三年也不過如此，就不肯接受治療了。」

三位醫生一想有理，居然答應。

我們一起來到病房，又着實費了一番唇舌，才算勸得白老大肯接受治療。

當天晚上，我們回到那小公寓，兩個人坐着，一句話也說不出來。

過了好一會，我才苦笑道：「真是造化弄人。」

白素喃喃地道：「或許將來的事情，根本不會連續顯示？」

我手握着拳：「怎麼會？我們得到了那石頭的另一邊，就可以知道。」

白素道：「將來的事無法獲知，包括我們根本得不到石頭的另一邊這件事在內。」

我有點不服氣：「一半一半的機會。」

白素站了起來：「可是，人卻永遠只能得到前一半。」

白素的話，不是很容易理解，但是想深一層，卻又有極深約含意：雖然是一半一半的機會，人追求的是其中的一半，可是得到的，永遠是不想要的另一半！

我想了好一會，才嘆了一口氣，沒有再說什麼。

白老大接受了激光治療，情況十分好，病變因素逐漸消失，醫生把病變因素消失的過程，逐步記錄下來。從圖片上看來，的確如那位醫生所說，分裂之後再消失，和陳長青傳真送來的那十幅圖片，大不相同，那十幅圖片，顯示的是以前的情形，而非以後的，也得到了證實。

陳長青在第二天就打了電話來詢問結果，我把情形對他說了，他嘖嘖稱奇：「真叫人想不通：只有像白老大這樣的人物，才會有記錄在石頭上，還是每一個人都有？如果世界上每一個人的身體變化、成長過程、每一件發生的事，都記錄在石頭上，那麼，這座小小的石山，蘊藏的資料之多，真不可想像。」

我無法回答他的問題，只是道：「全世界所有的電腦加起來，只怕也不及這座石山所儲存的資料的億分之一。」

陳長青激動了起來：「再過一千年，人類的全部電腦，也不能儲億分之一這樣的資料，現在我和你在通話，我們講話的聲波圖形，也可能在石頭上顯示！」

我苦笑道：「誰知道，也許。」

陳長青道：「你快回來吧，我實在想和你詳細討論，電話裏講不明白。」

我的回答是：「白老大的病況一好轉，我就回來。」

等到白老大出了院，回到了他的農莊，白素還要留在法國多陪他幾天，我一個人先回來，下機之後，我直接來到了陳長青的住所。

陳長青看到了我，興奮之極，連忙引我去看他新設置的「工作室」，陳長青也真貪心，我看到他屋子，不但在院子裏，而且在走廊上，甚至樓梯級之下，都堆滿了石塊。

他看到我面露不以為然之色，有點不好意思地道：「每一塊石頭，都是寶藏，無窮無盡的寶藏，我實在想弄得愈多愈好。」

我苦笑了一下：「任何一塊，即使是一小塊，窮你一生之力，你也無法研究得透，弄那麼多，一點意義也沒有，真是貪心。」

陳長青自己替自己辯解：「人總是貪心的。」

到了「工作室」，我看到許多塊石頭，表面被打磨得十分光滑，工作室的一角是各種儀器，另一角是完善的攝影設備，再另外一個角落上，自然，又是堆滿了石塊。

這些日子來，他已拍攝了上千幅照片，他裝了一個屏風型的架子，將這些照片，全放大到二十乘三十五公分，一幅一幅全貼在上面，架子在工作室的另一個角落。我一扇一扇地轉過去，看着，每一張照片，都有着不同的陰影所構成的圖形，但是沒有一張可使人明白那表示什麼。

有一部分照片，是陳長青每磨薄一層之後拍下來的，從花紋看來，的確顯示了一件事情逐步的理化。我指着那些照片，把白素的想法，告訴了他，陳長青皺着眉：「全是以前的事？根本我們連是什麼事都不知道，怎能判斷連續的變化是以前還是以後？」

我總算在工作室中找到了一張椅子，坐了下來，由衷地道：「我想，那些人把石頭弄回去，所作的研究工作，雖然以國家的力量進行，只怕也不會有你這樣的成績。」

陳長青聽得我這樣説，得意非凡：「也不單是我一個人的工作成績，宋天然和小寶，一有空就來幫我，小寶幾乎每天都來。」

我笑了起來：「你當心小寶的母親告你誘拐少年。」

陳長青伸了伸舌頭：「她來過兩次，開始很不友善，後來我給了她一條減肥良方，她態度就好得多了。」

我睜大了眼睛：「想不到你還有祖傳的秘方？」

陳長青「呸」地一聲：「什麼祖傳秘方，我這個減肥良方，萬應萬靈，只是『少吃』兩個字！」

我被他逗得笑了起來，又說了一回話，宋天然和溫寶裕一起走進來，原來陳長青把屋子的鑰匙配了一套給他們，使他們可以隨時進來。

他們兩人見了我，自然十分高興，宋天然大聲道：「正好，今天有一個十分重大的發現。」

他一面說着，一面打開了公事包，取出一大疊文件來，翻到其中一頁：「看這份報告。」

我看了一下，看得出來那是石質的化驗報告，報告上列舉着石頭的成分。這是一種專業知識，我不是一看就明白。陳長青忙道：「有什麼新發現？」

宋天然道：「這座山上的巖石，全是花崗巖，可是抽樣化驗——一共取了一百個樣本，卻發現成分和普通的花崗巖有所不同，接近花崗閃長巖，其中二氧化矽的含量，只有百分之五十，黑雲母的含量則高出三倍之多——我相信是形成石頭上花紋陰明對比特別複雜的原因，正長石和角閃石的含量也高，斜長石和石英的含量比例則低，這種巖石的成分，甚至於沒有記錄可供查考。」

宋天然解釋着，我聽了倒不覺得怎樣，因為巖石的構成成分，極其複雜，單是花崗巖，也不知有多少種，而且各種成分不同，在一座石山之中，可以找出許多種不同的巖石。

陳長青顯然和我有同感，他也不是很有興趣的樣子。宋天然又翻過了另一頁：「這裏，有一個相當奇怪的現象，石山的爆破工程，要將整座山剷平，可是在某幾處所在，由於建築上的需要，還要向下掘下去，最深處，要掘深十公尺左右。」

陳長青也挺會欺負人，他不耐煩起來：「你還是長話短説吧。」

宋天然脾氣好：「好，在幾處掘深的地方，都有同一現象，那就是掘下去約五公尺左右，下面一層的石質，就和上面的截然不同，全是典型的角閃石花崗巖。」

陳長青用力一揮手：「這種情形，説明了什麼？」

我知道他想說什麼，立時道：「別告訴我這是一座天外神山，從不知什麼地方飛來。」

陳長青眨眼：「為什麼不能是這樣？」

我道：「自然，在這件奇事上，可以作各種各樣的設想，你堅持要這樣想，我也不反對。」

宋天然皺着眉，不出聲，他畢竟是一個科學家，要他設想一座石山，是從不知什麼地方飛過來的，的確比較困難一些。

溫寶裕則道：「大有可能，中國杭州有一座飛來峰，據說就從印度飛來。」

陳長青在急速地踱步，像是想把他的設想作進一步的說明，可是又不知如何說才好。

我笑道：「反正只是設想，隨便怎麼想好了，譬如說，在若干年之前，宇宙之中，有一顆神秘的星球，突然跌落在地球上，就落在那個小島上，那就是如今的這座山。」

陳長青眼睖得更快，他不甘示弱：「也可以說，若干年之前，宇宙某處的星球上，有高級生物不知運用了什麼方法，把要在地球上發生的事，全濃縮起來，形成一個資料庫，而把這資料庫，放到了地球上。」

溫寶裕也發揮了他的想像力：「我說，這本來是宇宙形成，或是太陽系形成時留下來的，安排好了將來要在地球上發生的一切事，用圖形的形式來顯示。」

我們三人，一起向宋天然望去，宋天然有點無可奈何，咳嗽了幾下：「一定要我也來設想？我會說，在宇宙深處，有某種力量，在操縱着一切生物和非生物的命運，這種力量，先訂定了一個藍圖，並不是它知道會發生什麼事，而是它早已訂定了會發生什麼事，然後操縱着一切，照它訂定的去做，這樣，看起來，就和它能預知將來的事一樣。」

宋天然的設想，雖然講來結結巴巴，不是很流利，可是他的設想，和我們的不一樣。我和陳長青、溫寶裕，都認為某種力量，有「預知」的能力，但是宋天然的想法卻是，他認為某種力量，並沒有預知能力，只不過是有着要一切事情，都照它計劃而發生的能力。

舉一個實際一點的例子來說，一個製瓷杯的人，他可以在某種怪樣子的瓷杯出現之前，就知道在若干時間之後，就會有一隻這樣的杯子。那並不是他有預知的能力，而是他一早有了計劃，要做出這樣的一隻杯子來，而又按計劃進行。

結果，自然是有了一隻某種怪樣子的杯子。

宋天然看到我們都不出聲，還以為他自己的設想太荒誕，臉有點紅。他不知道我們三個，正在十分認真地考慮他的設想。

過了好一會，陳長青才長長地吁了一口氣：「這樣說來，那……座石山中所蘊藏的一切資料，根本是龐大之極的計劃書？」

溫寶裕哭喪着臉道：「一切全照計劃進行，天，有關我的計劃是怎樣的？是不是有什麼方法可以知道？」

陳長青瞪了溫寶裕一眼：「聽說什麼街上，有一個瞎子，算命很準，你要是想知道，可以找那個瞎子，替你算一算。」

宋天然欲語又止，我道：「我們都很同意你的設想，你還有什麼意見，只管說。」

宋天然鬆了一口氣，道：「既然一切都是一種力量在計劃着，而且在照計劃實行，那麼，這種力量，究竟是什麼？」

我、陳長青和溫寶裕三人，異口同聲道：「命運！」

白素在若干日之後回來，我和她談起了我們的討論，她也十分同意宋天然的設想，認為雖然現象看來一樣，但是預知和按計劃實行，是兩件不同的事。

雖然，一切全在一種叫做「命運」的力量的操縱下，按計劃進行，想起來極可怕，但命運之力量如此強大和不可抗拒，不知其自何而來，最好的辦法，還是別去想它。

後記

你同意宋天然的設想，還是自己另外有不同的設想？反正這件事，可以容許任何角度不同的設想，只管發揮你的想像力。

把自己的設想記下來，是很有趣的事。

在我所記述的，接近一百個故事之中，《命運》獨一無二，大家都可以看得出，這個故事，只有過程和現象，完全沒有結論，勉強算有結論，就是幾個人各自不同的設想，人人都可以有自己的設想，或在已有的幾個現成的設想之中，任擇其一。這個故事，不算曲折，但卻最奇特。

或曰：這個故事之所以奇特無比，全是有一座那樣的石山，它的石頭上有花紋，而花紋又和一些現象完全吻合之故。

真有這樣的石頭嗎？

有花紋的石頭，十分普通，從來也沒有人去深入研究，又焉知石頭上的花紋，不是顯示着什麼呢？

重要的不是是不是真有故事中所説的那種石頭。

（這句句子的上半句，讀起來有點不是很順。）

重要的是，的而且確，有不少方法，可以窺知「計劃」的內容。

請注意：不是預知未來，只是窺知計劃的內容，約略知道一下計劃會如何實行。

因為計劃不可改變。

這許多方法，能窺知「計劃」的一鱗半爪，說起來好像很神秘，但其實人人皆知，十分普通，幾乎每天都有接觸。

這許多方法之中，包括了星相學、人相學、子平神數、梅花神數，以及種種占算術，包括了瞎子摸骨術和在神廟中求籤、測字、卜卦、圓光、扶乩、看水晶球等等，一切希望知道未來的方法在內。

而在這許多方法之中，有一些，還真的有看到一點計劃內容的能力。

我們事先看到了，並沒有用處，因為命運的力量不可抗拒，計劃不會改變，不論通過什麼方法看到了，結果還是不變。

正因為有一個包羅萬有，有關天地之間的一切事、物、生命的一切的計劃在，所以最聰明、求知力最強的人，才能千方百計，想出一點方法來，先窺知它的一些內容。

如果根本沒有這樣的一個計劃，就根本不會有任何方法可以窺知。這就像你要取得一滴水，一定要有多於一滴水在，才能從中取得。如果根本沒有水，如何取到水？

所以，不論什麼方法，可以推算出將來會發生的一些事，是由於那些事早已在那裏的緣故。

又所以，推算到的將來的事，不可以改變，要是可以改變，那麼，根本推算不出。

一定有人會說，這個故事，愈看愈不像小說了，前言一大堆，後語又那麼多。那也沒有辦法。這只怕也是「計劃」的一個部分：我要寫這樣的一個故事，而你又看到了這個故事。

「計劃」無所不包麼？答案：是。

整個「計劃」，如果要冠以一個名稱呢？

最理想的名稱是：命運。

整個「計劃」的擬定者和執行者是什麼力量？

可以有很多不同的名稱，但是我認為最恰當的是：上帝。

上帝在哪裏？

就在我們頭上，就在我們身邊，在我們的腦中，在我們的心裏！

著名的老故事「瓶子在午時會碎裂」，大致如此：一人擅測字（或占算），算到他一隻心愛的瓶子（或其他物件）在正午時會破碎，於是鄭而重之，把瓶子放在面前，盯着它看，應該可以不會破碎了吧。誰知他的妻子催他吃飯，屢催不至，河東獅吼，過來抓起瓶子，一下摔碎，其時恰好是正午。

這個小故事很有趣，有趣在，這個人如果不去占算，瓶子就不會破，占到會破，而無法避免。他占算的行動，也早在「計劃」中，「計劃」要他去占算，「計劃」瓶子破碎，「計劃」幾乎無處不在。

人的命運，也是在按「計劃」進行的，發生機會極少的事，硬是發生了。

舉世著名的體操運動家童非，若不是在體育館前徘徊，被教練張健看到了，他就決不會有今天。當年上海的聞人杜月笙，若不是在窮途末路之際，在馬路上遇到了朋友，而把他介紹到黃金榮公館去，也就不知會怎樣。

在戰場上，人的生死，只在一線之間，幾百人一起衝鋒，一大半人死在戰場上，一小半人活了下來，這其間，全然沒有選擇標準，除了「命運」之外，沒有任何別的解釋。

嘗見一位軍官，左右面頰上，都有極深的酒渦，當時我就說：「很少男人有你這麼深的酒渦。」

軍官又好氣又好笑：「什麼酒渦，打仗時，衝鋒，一顆子彈飛過來，從左頰入，右頰穿出，其他什麼傷都沒有，從此臉上就多了兩個洞。」

聽了之後，不禁駭然失笑，叫他站定了，由神槍手來射擊，也絕對無法造成這樣的結果，但是這種不可思議的事，硬是發生了。

在香港，一個女學生，放學在路上，遇上了警匪槍戰，中了流彈，香消玉殞，其間，時間、距離，只要有極其微細的差異，她就不會有事。

常想及的幾句話是：任何一個細微的動作，都可以影響人的一生。出門，向左走，向右走，早十分之一秒，遲十分之一秒，都會有不同的遭遇，而這些遭遇，又都受着命運的操縱……

世上有將近五十億人，可知道一個人，照如今這樣子出生的機會率是多少嗎？大約是十億分之一。

不作任何結論。因為根本沒有結論。沒有結論，並不等於不能設想。我要不斷地設想。你呢？也可以不斷地設想。

大家都來想想，或許，在若干年之後，就可以有一點結論。

《命運》這個故事，應該已經結束了，到後來，發了許多議論，已經不是故事的範圍。可是，故事卻還有一點餘波。既然有餘波，就應該讓它蕩漾一番。

餘波和正式的故事，沒有什麼聯繫，可以單獨成立。而這個餘波確確實實和命運有關，和命運是一個計劃有關，而且，這個「計劃」，不由當事人擬訂和實行，而是由一種什麼力量在擬訂和實行，當事人絕無反抗和參加意見的能力。

所以，這個故事，可以作為《命運》的附篇——在我所記述的許多故事之中，似乎還沒有過這種結構方式的例子，算是破了例。

那個故事，是一個相當悲慘的故事，若是不喜歡看悲慘故事的朋友，可以不必看，就當根本沒有這個附篇。

（全文完）

十七年

第一部

求助的父母和奇怪的少女

一連收到了好幾封來信，內容相同。

由於我生活的接觸面極廣，所以收到的信件也極多，送信的郵差，每天都是用細繩把我的信紮成一紮。

除非是我特別在期待的信，或是一看信封，就知道是熟朋友寄來的，不然，我都不拆，因為實在沒有那麼多閒時間。

大多數的情形下，白素每天都會抽出一定的時間拆看這些信件。她說：「人家寫信給你，總有一定的目的，何必令人失望？就算不回信，也該看看人家說些什麼。」

我自然不會反對她這樣做。

那一批同樣內容的信的第一封，就是她給我看的。

當時她道：「這封信很有意思。」

我接過信，先看署名：一個不知如何才好的媽媽。這是一個相當吸引人的署名，表示了這個作為媽媽的人，內心一定焦急之極。

當時我道：「這封信，是不是應該轉到什麼青年問題中心去？」

白素瞪了我一眼：「你看完了信再發表意見！」

我高舉手，作投降的手勢，信的內文如下：

「衛斯理先生：

我知道你不會輕易幫一個陌生人，除非這個陌生人來自外星。你真是不公平，地球上有那麼多你的同類需要幫助，你置之不理，老是去幫助不知來自何處的外星人，難怪有人懷疑你根本也是外星人。」

我看到這裏，咕噥了一句：「豈有此理！」

白素微笑了一下，像是早已料定了我會有這樣的反應一樣。我再看下去：

「看了你記述的《洞天》，我對李一心的父親李天範先生，寄以無限的同情，一個家庭之中，有一個異乎尋常的孩子，十分痛苦：作為父母，完全無法知道自己的孩子在想些什麼，做些什麼，為什麼而來，何時會突然失去他。」

我搖了搖頭，向白素望了一眼：「全世界的父母，似乎都有同樣的麻煩。」

白素向我作了一個手勢，示意我看下去。

「我有一個女兒，異乎尋常，這孩子，自小就怪極了，比你在《洞天》中記述的李一心還要怪，李一心只不過對佛廟的圖片有興趣，而我的女兒，似乎有着與生俱來的特異，她在周歲的時候，就會時時支頤沉思，可是卻又從來不肯對我們說她在想什麼。

「有時我偷偷留意她，看到她在沉思中，表情十分豐富，有時現出甜蜜的笑容，有時卻又愁容滿面，有時也會暗暗垂淚，從小到大，一直是這樣，令得我們不知如何才好，而近一年來，她的行動更是怪異——她再有一個月，就滿十七歲，一切都正常，沒有人不說她美麗出眾，可就是怪行為愈來愈甚，甚至令我們感到害怕。

「衛先生，看了很多你記述的故事，我和外子商量過，他是一個電機工程師，已快屆退休年齡了，本來一直是你筆下的那種科學家——只相信現代人類科學已經證明了的事，但是我們的女兒實在太怪，所以他也不得不承認，我們的女兒，可能有着類似前生的記憶，這種記憶，是她自己的秘密，而我們全然無從得知。

「衛先生，不怕對你説，我們曾經失去過一個女兒，那是多年前極慘痛的經歷，實在不能再承受一次類似的打擊。所以，冒昧寫信給你，希望藉你的智慧，和鍥而不捨追求事實真相的精神，幫助我們，如果能得到你的幫助，感激莫名。

一個不知怎樣才好的媽媽敬上。」

看完了信之後，我道：「嗯，對我的恭維，恰到好處。」

白素搖了搖頭，作出「不忍卒聽」的樣子。我道：「這個少女，如果真的有前生的記憶，有幾個朋友對這方面有極濃的興趣，可以介紹這位媽媽去見他們中的任何一個。」

白素倒同意了我的説法：「是，很多人都可以幫她忙，陳長青怎麼樣？他研究那些石頭，不會有什麼結果，也可以告一段落了？」

我搖了搖頭：「不，不如介紹給甘敏斯，那個靈媒。或者，普索利爵士？這都是曾和我們一起探索、並且肯定了靈魂存在的人。」

白素望了我一眼：「你自己完全沒有興趣？」

我聳了聳肩：「可能只是做母親的人神經過敏，我不想浪費時間。」

白素道：「好，那就回信給她，請她隨便去找一個人求助好了，反正有回郵信封在。」

事情就這樣決定了。

三天之後，收到了第二封信。

「衛先生，很感激你的來信，我們的困難，相信除了你之外，無人可以解決，我們不會去找那幾位先生，只在等你的援手……」

信中還說了一大串他們如何焦急，如何徬徨，詞意懇切動人，最後的署名變成了「不知如何才好的父母同上」。

我看了之後，相當不快：「這算什麼？求人幫助，還要點名！我介紹給他們的那幾個，他們以為全是普通人？哼，沒有我的介紹，那幾個人根本不會睬他們。」

白素不置可否：「或許那女孩只是精神上有點不正常？有前生記憶的人，畢竟不是很多，可以請他們去看看梁若水醫生。」

我悶哼了一聲，說道：「隨便他們吧。」

白素自然又回了一封信，可是那一雙「不知如何才好的父母」，卻真的固執得很，一直在寫信給我，一天一封，每封信都提出了同樣的要求。大抵自第五六封信開始，連白素也沒有再回信了。

這件事，我沒有怎麼放在心上，因為來信提出各種各樣要求的人很多，那一雙父母雖然說他們的女兒「怪異」，一個人自孩提時代起，就喜歡沉思，至多只能說她早熟，很難歸入怪異一類。

然後，就是陳長青來訪，他脅下挾了一隻文件夾子，我一看到他就問：「那些石頭的相片，你弄了多少幅了？」

陳長青搖頭嘆息：「超過一萬幅了，真是悶得可以，每天做同樣的事，一點變化也沒有，這樣下去，人會變成瘋子。」

我笑道：「或許你那一萬幅照片，幅幅都是偉大的預言。」

陳長青一瞪眼：「什麼或許，根本就是，只不過全然無法知道它們的內容，就像手上有一本天書，可是看不懂，就等於沒有。」

我拍着他的肩，安慰着他：「暫時停一下手吧，你和溫寶裕這小鬼頭在一起，還怕沒有新鮮的花樣玩出來麼？」

陳長青笑了起來，拍了拍文件夾：「你還記不記得，由於報紙上的一段怪廣告，出售木炭的，結果引出了多大的故事來？」

我自然記得，那是《木炭》的故事，我道：「怎麼樣，又在廣告上有了新發現？」

陳長青連連點頭，放下了那文件夾，打開，我看到其中是剪報，整齊地貼在紙上，一共有十幾張紙，每張紙上，都貼着十公分見方的剪報十餘張不等，一共至少有兩三百份，看了一眼，所有廣告的內容全一樣：

「家健，你一直沒有回家，我們之間的約會，你難道忘記了？還是你迷失了？我相信我們之間的誓約，我們兩人都一定會遵守，我不信你會負約，見報立時聯絡，我已回家了。我實在已等得太久了。知名。」陳長青在我看的時候，翻動了一下報紙，所有紙上貼的，全是同樣的廣告。

我不禁「哈哈」大笑了起來：「陳長青，你愈來愈有出息了，這種廣告，報紙上哪天沒有？嗯，家健是一個男孩子名字，一定是一個女孩子登的廣告，在找那個負了約的男朋友。」

陳長青道：「我有說不是嗎？」

看到他一副理直氣壯的樣子，我倒也不能說什麼，用詢問的目光看着他：「有什麼特別呢？」

陳長青指着廣告，用手指在廣告上彈着，發出「啪啪」的聲響來：「這一個叫家健的男孩子的父母，我認識，一個……遠房的親戚。」

我翻着眼，因為這仍然沒有什麼特異之處。

陳長青「哼」地一聲：「說出來，嚇你一跳，這個叫家健的男孩子，十七年之前就已經死了，一個人死了十七年，還有人登報紙來找他，你說，這件事，還不算奇特？」

我聽了之後，不禁呆了一呆，真的，可說是十分奇特，我道：「嗯，有點意思。」

陳長青得意起來：「本來嘛，這個廣告，在本地大小報章上都有刊登，我自然不會注意，家健的父母看到了，開始留意，留意了將近一個月，知道我對於各種疑難怪事，素有研究，所以才來請教我，我一聽這件事大可研究，所以來找你——」

陳長青口沫橫飛地說，我作了好幾次手勢，令他住口，他都不聽，我只好大喝一聲：「閉嘴！」

陳長青總算住了口，眨着眼，神情惱怒。

我也感到相當程度惱怒：「那個叫家健的男孩子的父母，看到了這個廣告，就認為登廣告的人，是在找他們十七年前死了的兒子？」

陳長青道：「是。」

我又發出了一聲大喝：「他們混帳，你也跟混帳，你可知道，中國男性之中，用『家健』這兩個字做名字的人有多少？怎見得這個家健，就是他死去的兒子？」

我的駁斥，再合情合理也沒有。別說只有家健這樣的一個名字，就算連着姓，只要姓不是太僻，也就有不知多少王家健陳家健李家健張家健！陳長青一聲不響，聽我說着，這次他脾氣倒出奇的好，等我講完，他才道：「你以為我沒有用同樣的問題問過他們？」

我笑了起來：「好，他們用什麼樣的回答，使你相信了這個家健，就是他們死了十七年的兒子？」

陳長青眨着眼：「這就是我來見你的目的，聽他們親口向你解釋，總比由我轉述好得多。」

我搖頭，表示沒有興趣，陳長青道：「看起來，他們的說法一點理由也沒有，你能想像得出他們如何會肯定了這個被尋找的家健，就是他們兒子的理由？」

我笑道：「一猜就猜中，他們一定是想兒子想瘋了，所以才會有這種想法。」

陳長青道：「是，他們的確為了他們孩子的死，極其傷心，傷心的程度，歷十七年如一日，但是那絕不是他們憑空的想像。你現在在忙什麼？跟我去走一次，花不了你多少時間。」

我仍然搖着頭。陳長青這時，有點光火了，漲紅了臉，飛快地眨着眼：「衛斯理，想想你自己，不論有什麼事要我做，半夜三更打個電話來，我可曾有一次在牙縫裏迸出半個『不』字來？雖然不曾兩肋插刀，赴湯蹈火，但可以做的一定去做，難得我有點事請你幫個小忙，你就推三搪四，擺他媽的臭架子！」

他語發如聯珠，雖然說的話相當難聽，最後連罵人話都出來了，但是想起他多次熱心辦事的情景，我倒也真的不好意思，忙道：「是，是，是，陳先生請暫息雷霆之怒，小可這就跟你去走一遭。」

陳長青一聽我答應了，立時反嗔為喜，向我抱拳為禮，立迫着我走。我們才來到門口，白素恰好開門進來，我道：「陳長青找我有事情。」

白素「嗯」地一聲，反手向門口指了一下：「那個小姑娘，已經一連三天，在我們門口徘徊不去，看來滿腹心事。」

那時，我們都在屋內，但由於白素才開門進來，所以門開着，看出去，可以看到一個穿淺藍色校服的少女，大約十六七歲，眉清目秀，有着一股異樣的秀氣，正在對街，用十分緩慢的步伐，來回走，不時的向我的住所，望上一眼。

我皺了皺眉，陳長青忙緊張兮兮地道：「人不可貌相，記得那個瘦癟老太婆，竟然是很有地位的特務，莫不是有些特務組織，還不肯放過你？」

我「呸」地一聲：「哪有那麼多特務機構，那座石頭山被他們搬了一半去，還有什麼好來找我的？」

我一面說，一面還在打量着那少女，這樣年齡的少女，總是活潑而充滿了青春氣息的，可是這個少女，可能由於她比較瘦削，而且又有十分清秀的臉容，看起來，像是整個人都充滿了愁思。

我對白素笑了一下：「少女情懷總是詩，她如果有什麼為難的事，我看我和陳長青，都無能為力，還是你去暫充一下社會工作人員吧。」

白素笑了起來：「我正有這個意思，但是還要再觀察一下。」

我和陳長青走了出去，看到對街那小姑娘，立即向我們望了過來，可是望了一下，非但沒有向前走來，反倒後退了兩步。

陳長青低聲道：「衛斯理，這少女真是有事來找你，可是卻又不敢。」

陳長青的觀察力相當細緻，我也同意他的分析：「白素會處理的。」

陳長青嘆了一聲：「年紀那麼輕，會有什麼心事。」

我們一起上了陳長青的車，由他駕駛，在路上，他只告訴了我一句話：「我們要去見的那對夫妻，姓得相當怪，姓敵，敵人的敵，你聽說過有這個姓沒有？」

我搖了搖頭：「多半不是漢人，才有這樣的怪姓，我知道有一位工藝非常出眾的玉雕家，姓敵，叫敵文同。」

陳長青陡然用十分怪異的眼光望着我，我忙道：「難道就是他？」

陳長青一揚手：「不是他是誰？姓敵的人，全世界加起來，不會超過三個。」

我笑了一下，敵文同是相當出色的玉雕家，曾經用一塊上佳的翠玉，雕成了一隻蚱蜢，蚱蜢作振翅的動作，翼薄得透明，連精細的紋理都清晰可見，拿出來展覽時，見者無不欽佩。當然，他並不是什麼大人物，也不會有很多人知道他的名字。

我問：「這位敵先生，是你的親戚？」

陳長青笑着：「敵先生娶的妻子，是我姑丈那裏的一個什麼表親，這種親戚關係，真要是扯開去，所有中國人全是親戚，不過我和他經常有來往，我極欣賞他的玉雕藝術，等一會，你就可以看到一件極偉大的玉雕品，他花了十七年時間，還未曾全部完成。」

我不經意地問：「十七年，怎麼老是十七年？」

陳長青嘆了一聲：「十七年前，敵家健意外喪生，敵文同哀痛欲絕，就開始了這件偉大的玉雕工作，他把他全部的財產，去換了一塊將近一噸重的白玉，白玉的質地十分好，他就開始——」

我已經料到了：「開始雕他兒子的像？」

陳長青點了點頭：「一座全身像，和真人一樣大小，據他說，所有的一切，完全和十七年前的敵家健一樣。」

我嘆了一聲：「作為思念早逝兒子的父親，這位敵先生的作為，真是罕見。」

陳長青道：「是啊，所以我也很受感動，一直在津貼他的生活，使他在生活方面，盡量舒服，好使這個空前偉大的玉雕，得到完成，你看到了那玉雕像，就會知道那值得，在這個雕像之中，充滿了上一代對下一代的愛。」

我笑了起來：「你快可以改行做詩人了。」

陳長青有點忸怩：「是真的。」

説話之間，車子已經駛離下市區，我知道陳長青有的是錢，他既然説維持敵文同的生活，那麼敵文同生活一定不會壞，可是我也沒有想到，好到這種程度。

當車子在一幢看來相當古老，但是極有氣派的大屋子的花園門口停下來之際，陳長青也留意到了我驚訝的神情，他解釋道：「屋子本來是敵文同的，他押給了銀行，我替他贖了回來。」

車子停下，我們下了車，四周圍的環境，極其清幽，那花園也相當大，有許多比兩層屋子還高的大樹，其中幾株石栗樹，正開滿了一樹艷黃色的花朵，映着陽光，看來十分燦爛。

那時，正是初夏時分，花圃上，開各種各樣的花，把古老的屋子點綴得生氣勃勃。

我一面跟着陳長青向前走去，一面道：「環境真不錯，生活在這樣環境中的人，不應該是一雙哀傷的老年夫婦。」

我的話才說完，在一叢灌木之後，就傳來了一個婦人的聲音：「我們是為家健而活，家健生前，不喜歡的事，我們不做，他喜歡的一切，我們照做，就像是他隨時會回來一樣。」

聲音聽來十分平靜，但是在平靜之中，卻又有着一股極度的哀思，只有把哀愁當成了習慣的人，才會有這樣的語調。而哀傷已成了生活中的主要部分，哀傷的深刻，也可想而知。

我循聲看去，說話的女人，甚至沒有直起身子來，仍然彎着腰，在修剪一簇康乃馨花，她滿頭白髮，陳長青立時叫了她一聲，她直起身子來。大約不到六十歲，樣子和衣著都很普通，令人印象深刻的是她的眼神，充滿了迷茫和無依，但是卻又像在期待着什麼。

陳長青指着我：「敵太太，這位衛斯理先生，是我要好的朋友。」

敵太太禮貌地向我點頭，抬眼看，放下了手中的花剪：「請進去坐，長青老説起你。」

我也客套了幾句，和他們一起進了屋子。一進屋子，就是一個相當大的廳堂，可是那麼大的一個廳堂之中，完全沒有家俬陳設，只有在正中，有一張桌子，桌子上放着許多工具，看來是雕琢之用。

在桌子旁邊，站着兩個人，一個六十出頭，身形相當高大，一頭白髮的老人，和一個身形和他相仿的年輕人——別笑我，我一眼看去，真以為是兩個人面對面地站着，而老者還流露出一片慈愛的神色，正在年輕人的臉頰上，輕輕撫摸。

但是，我再看多一眼，我不禁發出了「啊」地一聲，知道站在那裏的，只是那個老者，那「年輕人」，只是一座和真人一樣的玉雕像，但是在雕像上，卻又穿着真的衣服，所以才會在最初的一眼，給我這樣的錯覺。

那玉雕像生動之極，神態活現，充滿了生氣，我從來也未曾在一座雕像之中，看到過這樣的生態，即使是文藝復興時期的那些藝術大師的作品，也不會給人以如此生動之感。

或許，由於雕像是白玉雕成的，所以流動着一種自然而晶瑩的光采，這種光采，就給人以活生生的感覺。

我不由自主讚嘆了起來：「真偉大。」

那位老先生，自然就是敵文同，他轉過臉來，茫然的神情，和略帶潤濕的雙眼，眼中佈滿了紅絲，更顯出他精神的憂鬱，他現出了一個十分苦澀的笑容。陳長青忙替我們介紹，我在寒暄了幾句之後，指着那雕像，由衷地說：「真是不虛此行，這雕像太不平凡了。」

敵文同嘆了一聲：「一萬座不平凡的雕像，也及不上一個平凡的活生生的人。家健要是還在世的話，今年是三十九歲了。再過一個月，就是他的生日——」

他在這樣說的時候，向他的妻子看去，她立時道：「還有二十七日。」

敵文同又道：「三十九歲的人，當然早就成家立室，只怕——」

他的妻子立時接了上去：「孩子也有好幾個了，大屋子裏有孩子，多熱鬧，家健小時候，屋子裏——」

他們兩夫妻自顧自地說着，我和陳長青互望了一眼，陳長青可能習慣了這種情景，但是我卻無法掩飾我心頭的駭然。

同樣的對話，在他們之間，一定重複過不知多少次了！

看起來，還會不斷重複下去，這兩個人，完全生活在夢幻中，生活在充滿哀痛的夢幻中，一切只為思念他們逝去了的兒子而活，這實在是相當駭人的一種不正常，可是卻又實在不能指責他們什麼。

我見過不少失去孩子的家庭，可是像這樣的情形，我卻還是第一次經歷。

他們兩人不斷地在講着，講來講去，幾乎每一句話中，都提及「家健」這個名字，我和陳長青在旁，不知如何插口，只好眼睜睜地望着他們，聽他們講他們的孩子，十七年前已經去世了的孩子。

足足過了十分鐘之久，陳長青才忍不住咳嗽了幾聲，大聲道：「敵先生，衛先生不相信那廣告，是有人為敵家健刊登的。」

敵文同夫婦，像是如夢初醒一樣，停止了談話，向我們望來，敵太太甚至抱歉地笑了笑：「真是，一談起我們的孩子來就沒有完，連貴客都忘了招呼，真不好意思，衛先生莫見笑。」我怎會「見笑」？我駭然還來不及，眼前的一切，雖然沒有什麼恐怖詭異的成分，可是給人心頭的震撼，卻無與倫比。

敵文同道：「來，來，請到我的書房來，我有事要請教衛先生。」我們一起離開了大廳，進入了一間書房之中，出乎意料之外，書房中的書籍極多，古色古香，一點也不像是一個雕刻家的書房。

陳長青道：「敵先生是古玉專家，對各種各樣的玉器，有着極豐富的知識，世界上好幾個大博物館，都聘請他當顧問。」

我看到在書桌上，有不少古玉件放着，還有不少有關玉器的書籍，我道：

「古玉鑑定是一門極深的學問，敵先生一生與玉為伍，真不簡單。」

敵文同客氣了幾句：「玉的學問真是大，人類，尤其是中國人，早就和玉建有十分奇怪的感情，我堅持用玉來雕刻家健的像，就是想把自己對家健的感情，和人對玉的感情結合起來。」

我沒有敢搭口，因為不論什麼話題，他都可以帶出家健的名字來，若是再一搭腔，只怕他滔滔不絕起來，不知如何收科。

敵文同請我們坐下，敵太太端茶和點心，帶着抱歉的笑容：「沒有什麼好東西招待衛先生，只有家健喜歡吃的一些點心。」

我有點坐立不安，已經死了十七年的敵家健，看來還真像是生活在這屋子中。

敵文同嘆了一聲，總算話題轉到了正題上，可是一樣，還是離不了家健，他道：「衛先生，相信你已經知道，我們在什麼樣情形之下生活。」

我苦笑了一下，心想勸他幾句，但是卻又實在不知道如何說才好，敵文同和他的妻子，長時期以來，在痛苦哀傷之中生活，又豈是我三言兩語，能把他們的痛苦減輕的？如果我安慰他「人死不能復生，不要太傷心了。」他一定會反問：為什麼要死，為什麼那麼多人活着，偏偏家健死了，他死得那麼年輕，為什麼……

所以我根本不說什麼，只等他說下去。敵文同緩緩地道：「家健雖然離開我們已經有十七年，可是我們每一分、每一秒都在想念他，這種情形之下，我們忽然看到報上出現了一個廣告，有人在找家健，加以注意，那是自然而然的事。」

我點了點頭，表示同意，可是我同時，也小心翼翼地提醒他：「敵先生，家健是一個極普通的男孩子名字。」

敵文同倒不反對我的說法：「是，家健是一個很普通的名字，但既然和我們的孩子同名，我們也就注意，開始時，我和妻子只不過說：啊，這個人和我們的孩子同名，他不知道到什麼地方去了，累得一個女孩子要登報找他。我們的家健如果在，一定不會辜負女孩子的情意……諸如此類的話。」

我用心聽着，在他們兩人之間，看了這樣的廣告，有那樣的對白，是自然而然的事。

敵文同繼續道：「可是，廣告一天又一天登着，而且，我們留意到了大小報章上都有，這就引起了我強烈的好奇心。」

我仍然沒有表示什麼意見，只是心中在想：敵文同的反應，自然還是基於他對兒子的懷念，要不然，尋常人看了這樣的廣告，不見得會有什麼好奇心。

敵文同道：「每天，我和妻子都要說上好幾遍：啊，還沒有找到家健，可惜我不知道如何和登廣告的人聯絡，有一次我說，和那女孩子聯絡一下。我妻子說：可以到報館去問一問，或許登廣告的人，會在報館留下姓名地址，我一想很有道理，反正每家報紙都有這樣的廣告的，於是就去查問。」

我「嗯」地一聲：「一般來說，報社是不會答覆這樣的詢問的。」

敵文同道：「是啊，我連走了四間報社，都遭到了禮貌的拒絕，我已經不想再進行了，在歸途中，又經過了一家報館，姑且再進去問問，一進去，就遇上了熟人，是我的一個世侄，現任該報的副總編輯，朝中有人好辦事，他一聽我的來意，就帶我到廣告部，廣告部的職員說：來登廣告的是一個十七八歲的女學生，樣子很清秀，可是卻沒有留下姓名地址，廣告費是先付了的。」

我一直在耐心聽着，雖然他說到現在，仍然未曾說到何以他肯定那個家健，就是他的兒子。非但未曾提出強而有力的證據，而且愈來愈不對頭了。

我道：「如果登廣告的是一位少女，那麼，這個家健，更不可能是令郎。」

敵文同嘆了一聲：「衛先生，當時，我並未想到這個家健，就是我的家健，所以是誰去登廣告，對我來說全一樣。」

他這樣說，自然是表示事情在後來，又有變化，我自然只好耐着性子聽下去。敵文同道：「那職員一面說，一面翻查着資料，說：廣告的原稿還在，請看。他把一張普通的信紙遞了給我，我一看之下，整個人都呆住了。」

敵文同講到這裏，現出了十分激動的神情，他的妻子忙過去握住了他的手。

我也不由自主，坐直了身子。

敵文同深深吸了一口氣：「那張信紙上寫的就是那段廣告，字迹很娟秀，出自少女之手，殆無疑問，令我震動的是，在原稿上，家健這個名字上，有一個字被劃掉了，可是還可以看得出來，那是一個『敵』字，也就是説，那個家健姓敵，衛先生，敵是一個僻之又僻的怪姓，敵家健，就不可能是別人，一定就是我的兒子，我把廣告的原稿，影印了一份，你請看。」

他雙手在不由自主發着抖，取了一張影印的紙張，放在我的面前。

不錯，那就是那份廣告的原稿，有不止一個字被改動過，都用同樣的方式劃去，包括那個「敵」字在內。這個「敵」字，加在「家健」兩字之上，自然本來是連名帶姓的「敵家健」，被劃去了之後，才變成了報上刊出來的那樣，只有「家健」兩個字。

我呆了半晌，陳長青在一旁道：「自然，也不排除同名同姓的可能性。」

敵文同夫婦異口同聲道：「不會，不會。」

陳長青道：「也不會有人和你們在開玩笑，要是開玩笑的話，就不必把敵字劃掉了。」

我伸了伸身子：「敵先生，你真肯定沒有別人姓敵的？」

敵文同道：「可以肯定，這個姓，是我祖父自己改的，他不知在什麼事上受了刺激，就改了這個姓，而我們家一直是一脈單傳，如今……我過世之後，世界上就再也不會有姓敵的人，要是家健在，可能開枝散葉的話，姓敵的人，還可能多幾個。」

這事情，真有點怪，我略想了一想：「其實，要和那個登廣告的少女聯絡，也十分容易，就在他的廣告旁邊，登一段廣告好了。」

陳長青聽得我那樣說，順手把一份報紙，移到了我的面前，原來他們已經這樣做了，在尋找家健的廣告之旁，有着另一段廣告：「小姐，我們是家健的父母，請和我們聯絡。」下面是地址和電話。

敵文同搖頭：「真奇怪，照說，如果她急於找家健，一見了這段廣告，就該立即和我們聯絡才是，可是已經一個星期了，別說不見人，連電話也沒有一個。」

陳長青瞪着我：「你有什麼解釋？」

這件事要一下子作出確切的解釋，不是容易的事，我心中仍在想，那個「敵」字，可能不是表示姓氏，那少女要找的家健，根本不是敵家健，一個少女怎麼可能要登報找一個死去了十七年的人？所以，當她看到了敵文同的廣告之後，自然覺得那是胡鬧，不會來聯絡。

我本來想把我想到的，直接講出來的。可是我考慮到，敵文同夫婦，在喪子之後，一直在極度痛苦中生活，有人找他們死去了的兒子，這件事雖然不能使他們的生活有任何改變，但是至少，是在一潭死水之中，擲下了一塊石子，多少能引起一點水波，對他們目前這樣的生活來說，未始不是好事，又何必去令他們失望？

所以，我遲疑着未曾說什麼，敵太太在這時候道：「文同，要不要把那個小姑娘……那個奇怪的姑娘來找家健的事，對衛先生說一說？」

我怔了一怔：「什麼奇怪的小姑娘？」

敵文同皺着眉：「這件事，也真怪，記得那是家健死後的十周年忌辰，為了懷念家健，每年忌辰，我們兩夫婦，都……都……」

他講到這裏，喉頭梗塞，說不下去，敵太太也開始拭淚。這種場面，自然令人感到黯然。我忙道：「我知道，天下父母心……還是說說那個奇怪的小姑娘吧。」

敵文同「嗯」了一聲：「那時候，我玉雕還未完成，客廳還有家俬陳設，祭奠的儀式也在那裏舉行，我們沒有什麼親友，只有我們兩人，對着家健的遺像和遺物，默默垂淚，忽然，我們聽到了除了我們的啜泣聲外，還有一個人在哭，我們回頭看去，看到一個十歲左右的小姑娘，瘦伶伶的，也不知道她是怎麼進來的，也望着家健的遺像在哭着……」

第二部

相約來生 愛意感人

敵文同夫婦，一看到忽然多了這樣的一個小姑娘，心中真是訝異莫名，一時之間，也忘了悲痛，敵太太首先問：「小妹妹，你是什麼人？」

那小姑娘並不回答，只是怔怔地望着敵家健的遺像，流着淚。

這種情景，十分詭異，敵文同夫婦連連發問，可是那小姑娘只是一聲不出，反倒未得敵文同夫婦的准許，過去撫弄敵家健的遺物，一面撫弄着，一面淚水流得更急。

敵文同夫婦給那小姑娘的行動，弄得駭異莫名，敵文同忍不住又問：「小姑娘，你認識家健？」

他這句話一問出口，就知道不是很對頭，因為那小姑娘看來，無論如何不會超過十歲，而敵家健死了也有十年，怎麼會認識？

所以，他立時又改口問道：「小妹妹，你今年多少歲了？」

那小姑娘仍然一聲不出，敵文同夫婦不知如何才好，只好由得那小姑娘去，大約過了半個多小時，小姑娘才忽然向他們問了一句話。

那小姑娘出現之後，一直未曾開過口，兩夫婦幾乎懷疑她是啞子了，但這時一開口，卻是聲音清楚玲瓏，十分動聽。

她問的那個問題，也令得敵文同夫婦，震呆了好一陣子，不知道如何回答才好。

那小姑娘指着遺像問：「他一直沒有回來過？」

這麼簡單的一個問題，但實在沒有法子回答，兩人震呆了一陣，敵文同悲哀地道：「小妹妹，這是我們的兒子，他死了，今天是他去世十年的忌辰。」

小姑娘對敵文同的話，沒有什麼特別的反應。敵太太對小姑娘的話，卻又有不同的理解。

本來，對一個只有十歲左右的小女孩，不應該說什麼，但是敵太太感到，這小姑娘對自己的兒子的死，好像也感到十分悲悼。

敵老太太嘆了一聲：「小妹妹，你說他有沒有回魂、託夢什麼的？唉，沒有，我們無時無刻不在思念他，但是……他真忍心……不曾回來過。」

小姑娘聽到了這樣的回答，大眼睛忽閃忽閃，淚珠湧了出來。

在敵文同夫婦還想再問什麼時，她突然轉過身，向外疾奔了出去。

由於這小姑娘的言行，處處透着怪異，敵文同夫婦，自然立即追了出去，可是他們畢竟上了年紀，奔跑之間，哪有小孩子來得快捷？等到他們追到了門口，那小姑娘早已爬過了鐵門，奔到了路上。

他們兩人大聲叫着，要那小姑娘回來，可是小姑娘連頭都不回，一下子就奔得看不見了。

事後，敵文同夫婦在附近找着，又挨門挨戶，去拜訪附近的人家，他們以為，那小姑娘一定住在附近，在他們的屋子附近，有幾條鄉村，雖然那小姑娘看起來，不像是鄉下人家的孩子，可是他們連那幾條鄉村都沒有放過。

而且，他們還漸漸擴大尋找的範圍，足足找了一年，一點結果也沒有，顯然那小姑娘並不從附近來，他們找尋的範圍，已經遠及十公里之外了。

一年之後，又是敵家健的忌辰了，敵文同夫婦都懷着希望，希望那小姑娘會再出現，可是他們失望了，那小女孩沒有再出現。

而且，以後，一直也未曾再出現過。

敵文同講完了那「奇怪的小姑娘」的事，陳長青一面眨着眼，一面望着我：「我第一次聽到這個小姑娘的事，就認為那小姑娘，一定和家健認識。」

陳長青明知那小女孩的年齡，不可能認得敵家健，他還要堅持如此說，那麼他的用意，其實也很明顯。他的意思是，那小姑娘在一種特殊的情形下，認識敵家健。

陳長青接着又道：「有兩種可能，一是家健死了之後，曾和這小姑娘有着某種方式的接觸。其二，是這小女孩的前生——」

他講到這裏，向敵文同夫婦望了一眼。陳長青神態已經夠怪，可是敵文同夫婦的反應更怪，他們兩人，不約而同，現出了極其憤怒的神情。

我不知道陳長青的話有什麼得罪他們，而且陳長青的話只說了一半，並沒有講完。陳長青一看到敵文同夫婦面如玄壇，一副怒容，就不想再說下去。我忙道：「前生怎麼樣？」

陳長青吞了一口口水，才道：「有可能前生認識家健。」

敵太太這時，陡然叫了起來：「不會，你別再在我面前說那小女孩的前生是王玉芬。」

敵文同也立時瞪大了眼，充滿敵意，彷彿陳長青如果再多一句口，他就要跳起來，飽以老拳。

這更使我感到訝異，陳長青對敵文同十分好，連他們住的房子，都是陳長青出錢贖回來的，而這時，他們對陳長青的態度，可以說壞到極點，而這一切，自然由於那個叫王玉芬的女孩子所引起，這個王玉芬又是什麼人？為什麼敵文同夫婦不准陳長青提起她？

陳長青這個人，就是有這個好處，人家對他的態度如此之壞，但是他還是像受了冤屈的小孩子：「我又沒有說她是王玉芬，我只不過說，她前生，可能認識家健。」

敵文同甚至額上綻起了青筋，啞着聲喝道：「別再在我面前，提起這個名字。」

陳長青飛快地眨着眼，不再說什麼，我向他望去，他也向我望來，同時，向我作了一個手勢，暗示我先別問，等會他會解釋。

我也只好暫存心中的納悶，一時之間，因為敵文同夫婦的態度異常，書房中陡然靜下來。過了好一會，兩夫婦才又異口同聲，向陳長青道歉，陳長青嘆了一聲：「算了，你們的心情我明白，這……不必去說它了，總之，這個小姑娘有點古怪！」

敵文同夫婦又轉而向我道歉，我諷刺了他們一句：「你們又沒有得罪我，連陳先生都那麼大量，我有什麼關係？」

一句話，說得他們兩人，滿臉通紅，唉聲嘆氣，不知如何才好，陳長青反倒替他們打圓場，又向我連連施眼色，示意我別再多說什麼。

老實說，若不是看得出，他們一直生活在極度的痛苦中，實在十分可憐，我真不會原諒他們剛才對陳長青的這種態度。

當下，我略擺了擺手，表示算了，陳長青才又道：「我看，有可能，現在登廣告的那少女，就是當年曾神秘出現的那個小姑娘。」

我皺着眉：「要找這個登廣告的少女，不是困難，這件事交給我好了。」

我想到的是小郭。小郭的私家偵探業務，愈做愈廣，已是世界十大名探之一，那少女曾出入那麼多家報館，要找出她來，自然不難。

我說着，就走到放電話的几旁，拿起電話，小郭變成名探，架子挺大，平時連電話都不怎麼聽，不過我有他私人電話的號碼，自然一撥就通。他聽到了我的聲音，高興莫名，我把情形對他說了一下，他一口答應，而且道：「有這樣的線索，要是三天之內，不能把這個少女找出來，那我也別混下去了。」

我哈哈大笑：「先別誇口，很多時候，事情的表面愈是簡單，內情就愈複雜。」

小郭大聲道：「包在我身上，一有結果，立刻就和你聯絡。」

我放下了電話：「只要一找到那個少女，一切都可以明白，何必瞎猜。」

陳長青有點不好意思，自己敲着自己的頭：「真是，這是最簡單的辦法，怎麼會一時想不起來，我看，我們也該告辭了。」

敵文同夫婦又說了一些客氣話，送我們出來，經過大廳，我在那座玉雕像面前，停了相當久，欣賞着。整座玉雕像，當然不單是工藝精絕，而且實實在在是一件非凡的藝術品。從雕像看來，敵家健生前，高大英俊，顴骨略高，鼻子十分英挺，粗手大腳。這樣可愛的一個青年人，二十歲出頭就去世，難怪父母要傷心懷念一輩子。

我終於轉過身來，我看到敵文同夫婦，都在偷偷垂淚。我也沒有什麼話好說，只是長嘆一聲，拍了拍敵文同的膀子，敵文同長嘆了一聲，老淚縱橫，陳長青拉了我一下，和我一起走出去，敵文同夫婦儘管傷心，但還是禮數周到，一直送到了大門口，真奇怪何以剛才，他們會對陳長青的態度，如此惡劣。

我們上了車，陳長青立時道：「那個王玉芬，他們連提也不給提的女孩子，是家健的愛人。」

我「哦」地一聲：「老人家不贊成？」

太愛自己兒女的父母，往往對自己兒女的愛人，有一種莫名的妒嫉，卻不知道，兒女長大，一定會尋覓異性，絕不能只滿足於父母之愛。

陳長青嘆了一聲道：「不，不過他們認為，家健是被王玉芬殺死的。」

這倒很出乎意料之外，我立時道：「怎麼一回事？敵家健死於謀殺？」

陳長青一揮手：「當然不是。死於一次交通意外，說起來也真是命裏注定，出事之前不多久，敵家健二十一歲生日，敵文同買了一輛車子給兒子做生日禮物，家健有駕駛執照，而王玉芬沒有，那天，王玉芬來探家健，王玉芬比家健小一歲，年輕女孩，好動又活潑，吵着要開車子。」

陳長青講到這裏，我已經可以知道以後發生什麼事了。

簡單地來說：王玉芬吵着要開車子，她又沒有駕駛執照，是不是曾學過開車，也成問題。當時，敵文同夫婦反對，可是敵家健卻禁不起女朋友的嬌嗔，對他父母說，有他在身邊，不要緊的，而且鄉間的大路寬闊，不會開車，也不要緊。

敵文同夫婦扭不過兒子，但還是對王玉芬極度不滿。他們眼看着王玉芬開車，敵家健坐在旁邊，車子歪歪斜斜地駛向前去，駛出了他們的視線之外。

王玉芬和敵家健這一去，就沒有再回來。車子駛出了不到一公里，就失去了控制，衝出了公路，跌下了五十多公尺，王玉芬和敵家健，身受重傷，若是立刻得到搶救，兩人可能還不致喪生，但是路上來往的車輛不多，等到被發現，把人救出來，已經過去了二小時，傷重，流血過多，兩人奄奄一息，等到雙方家長趕到，王玉芬先死了，敵家健只向他的父母，看了一眼，也停止了呼吸。

這種慘劇，時有發生，局外人，看到報紙上有這樣的新聞，至多長嘆一聲，說這是慘劇，但是失去了親人的，內心的慘痛，真是難以形容。

敵文同夫婦，於是一口咬定，自己的兒子被無知任性的王玉芬殺死，對王玉芬恨之切骨。

我聽到這裏，不禁苦笑了一下：「王玉芬自己也死了啊，還恨什麼？」

陳長青搖頭：「他們還是一樣恨，而且連帶也恨王玉芬的父母，聽說，當時在醫院的急診室外，敵文同就幾乎沒把玉芬的父親掐死，罵他生出這種害人精的女兒，唉，也難怪他傷心，而王家卻怪他們不阻止，反怪家健害死了他們的女兒。」

我可以想像，兩個喪失了兒女的家庭，如何互相埋怨對方的情形。有這樣的一段往事在，難怪敵文同夫婦剛才對陳長青的態度如此惡劣。

我想了一想：「你認為那個幾年前曾出現過的小姑娘，和如今登廣告的是同一個人？」

陳長青點頭：「有可能。」

我又道：「她，你認為是王玉芬轉世？」

陳長青深深地吸了一口氣：「我向敵文同夫婦提出這一點，幾乎沒給他們用掃帚拍打出來。敵文同還說，如果那女孩真是王玉芬轉世。他拚了老命，也要把她掐死，替他兒子報仇。」

敵文同的態度如何，倒可以不論，那登廣告的少女，的確耐人尋味。她的行逕十分怪異，有一點很難想得通：她為什麼要找敵家健？

就算她真是王玉芬轉世，她明知敵家健死了，怎麼還會去找他？

我一想到這裏，陡然之間，豁然開朗，想到了整件事的關鍵，不由自主，「啊」地一聲，叫了起來。由於我平時不大驚小怪，是以這一叫，把駕車的陳長青嚇了一大跳，他連忙停住了車，向我望來。

我立時道：「我明白了，那少女的前生是王玉芬！」

陳長青忙道：「是因為那小姑娘，或者那少女的年齡，十分吻合？敵家健十周年忌辰，那小姑娘看來十歲左右，如今十七年了，那登廣告的少女，看來十七八歲，她一定立即轉世再生。」

我道：「這固然是因素之一，還有那廣告上的用辭，看起來很普通，但是辭意十分有含意，看起來，是一雙男女，在若干年之前分手，但是又相約在日後再聚，而到時，卻有一方失了約。」

陳長青「啊」地一聲：「你是說，當年王玉芬和敵家健，臨死之前，相約來生相會？」

我點了點頭：「如果承認如今這個少女的前生是王玉芬，那麼，就一定是這樣，他們的車子失事，受了重傷，被困在車中，最後死亡的原因是失血過多，他們必然會有一段極其可怕的經歷：知道自己傷重要死，但是神智卻還保持一定程度的清醒。來生預約，一定在這種情形之下約定。」

陳長青聽得神情十分激動：「相約來生，何等動人的愛情故事！玉芬已經有了來生，家健是怎麼一回事，為什麼還不出現？」

我道：「作一些假設看看。」

陳長青興致勃勃：「好，第一個假設是，家健的來生，在一個相當遠的地方，所以無法取得聯絡。」

陳長青的話，令得我陡然想起一件事，不由自主，打了一個冷顫：「我聽說過，有一個印尼科學家，和他的好朋友，相約了他死之後，一定會有再生，結果，他降生在新幾內亞，深山的穴居人部落之中。」

陳長青張大了口：「不會吧……不會這樣悲慘吧。」

我吸了一口氣：「另一種可能是，由於兩生之間，通常來說，都會不記得前一生的事，所以今生的家健，根本不記得有這樣的一個約會了。」

陳長青道：「那何以今生的玉芬記得？」

我道：「這十分罕見。據我所知，即使今生的家健沒有了前生的記憶，但是由於某些因果，今生的家健，如果見到了今生的玉芬，一定會愛上她。」

陳長青鬆了一口氣，他十分重感情，我提出了玉芬和家健在自知必然難逃一死，有着「來生之約」，他一直希望這一雙男女，在今生會再續前緣，有一個美滿的結果。

他道：「那就簡單了，只要我們可以找到今生的玉芬，問問她有沒有熱烈追求她的青年，這個青年，就可能是今生的敵家健，有趣，有趣。」

我搖着頭：「這只不過是我們的想像，而且，也不是那麼有趣。」

陳長青「哼」地一聲：「相愛的男女，能夠緣訂來生，而且，又有美滿的結果，怎麼不有趣？」

我嘆了一聲：「你怎麼知道必有美滿的結果？」

陳長青固執起來，真是無理可喻，他用力一下拍在駕駛盤上，大聲道：「一定有的。」

我要是再和他爭論下去，那真是傻瓜了，我道：「快開車吧。」

陳長青還在嘀咕，我也不去理會他，他駛出了沒有多久，又在路邊停了下來，指着路旁的懸崖：「就在這裏，車子失事，翻了下去，詳細的情形怎樣，敵文同不很肯說。」

我笑道：「當年，這宗交通失事，一定轟動社會，到圖書館的資料室去查一查，比聽敵文同流淚敘述好得多。」

陳長青「哈」地一聲：「真是，我又沒有想到，這就去，這就去。」

本來，我對這件事，並不是十分熱切，但是推測起來，事情可能和前生的約定有關，那就變成了一件十分值得深究的事，所以，對陳長青的提議，我立時點頭答應。

陳長青看來比我還性急，把車子開得飛快，到了圖書館，就直奔時事資料室。

陳長青是這家圖書館的熟客，職員都認識他，不一會，微型軟片，一盒一盒找了出來，我和他各自分據一架微型軟片的顯示儀，查看着當年這宗交通意外的資料。果然，當年的報紙，對之記載得十分詳細，非但有新聞報道，而且有特稿，有幾份雜誌，更是一連幾期，都詳細地記載着。

不但有文字，還有敵家健和王玉芬的照片。

才一開始看資料，我和陳長青兩人，已經呆住了説不出話來。令得我們驚愕的原因，自然在後面會寫出來，先説整件事的經過，比起陳長青複述，敵文同告訴他的，詳盡了不知道多少，而且還有極其感人的經過，是當年這件交通意外，引起公眾廣泛注意的原因。

原來，車子失事，衝出了路面，跌下懸崖，敵家健和王玉芬，兩人都身受重傷，同時被震出了車廂。當時並沒有立即的目擊者，而兩個當事人又沒有留下話就死了，所以真正的情形如何，無由得知，但是據首先發現他們的一批郊遊歸來的青年學生描述：車子擱在懸崖的大石上，被幾株樹阻着，毀爛不堪，兩個傷者，敵家健和王玉芬，滿身是血，處在一種十分罕見的情形之下。

敵家健的左臂，緊緊勾住了一株打斜生出來的樹幹，雙腳抵在巖石上，支持着他的身子，不致跌下幾百公尺深的懸崖——在懸崖之下，是波濤拍岸的海。

敵家健的右手，緊握着王玉芬的右手，兩人的十隻手指，交叉着，緊握一起。王玉芬的左手，還緊抓着敵家健的手腕。王玉芬如果不這樣子，她的身子就會無所依靠，直向懸崖下的大海中跌下去，她身子懸空，全靠敵家健抓住了她！

根據這樣的情形推測，很容易得到結論：他們受了傷，被震出車廂，王玉芬本來曾向懸崖下直摔下去，可是，同時被震出車廂的敵家健，卻及時抓住了她的手，同時，又勾住了樹幹。

王玉芬單是一隻手抓住敵家健不夠，所以才又抓住了敵家健的手腕。

敵家健雖然抓住了王玉芬，使玉芬不至於跌下懸崖去，可是由於他自己受傷他很重，一手拉住了王玉芬，一臂勾住了樹枝，已經使他用盡了氣力，再也沒有力量把王玉芬拉上來，他自己自然也不能攀上去求救。

於是，一切就在那一霎間停頓，他們兩人，眼看鮮血迅速地離開自己的身體，完全沒有別的行動，可以解除他們的厄運。

這情形，和敵文同告訴陳長青的經過，大不相同，敵文同並沒有說出這種情形來。

敵文同不說出真實的情形，只說是救援者來得太遲，以致流血過多而死，原因也很容易明白。死者的確因失血過多而死，但是卻是在那樣的情形之下失血過多而死！情形絕不普通，而且十分感人。

我和陳長青一知道了當時的情形，互望了一眼，想起了一個相同的問題：如果敵家健鬆手，放開王玉芬，他應該可以攀上懸崖去，他如果能攀回公路，自然有經過的車子會發現他，他就有很大的機會獲救。

自然，他如果放開了玉芬，玉芬萬無生理——重傷之後，跌下懸崖，如何還有生望？

敵文同夫婦那樣恨玉芬，理由也更明顯，他們認定王玉芬害死敵家健，不單是由於王玉芬堅持要駕車，也是由於出事之後的情形，出事之後，如果玉芬肯犧牲自己——敵文同夫婦一定這樣想：如果王玉芬肯自己鬆手，敵家健可以攀回路面。

這自然也就是敵文同不肯把真實的情形講給陳長青聽的原因。

動人的事還在後面，當兩人終於被救起，救護人員，無論如何，也無法分開敵家健和王玉芬緊握的手。他們的手指和手指交叉緊握着，由於當時情形危急，救護人員只好由得他們的手緊握着，進行急救。

到了醫院，搶救人員仍然無法將他們的手分開，一直到他們死，他們的手始終互握着。

雙方的家長趕到，看到了這樣的情形，也有一些記者在場，當時在醫院，有一場劇烈的爭吵。

王玉芬的父母，看到了這種情形，一面傷心欲絕，一面提議：「他們既然至死都不肯分開，就讓他們這樣子合葬了吧！」

敵文同的哀痛，根本令他失了常態，他當場就破口大罵，一面發了瘋也似，想把緊握的敵家健和王玉芬的手分開，拿起刀來，要把王玉芬的手腕切斷，被在場的人拉住了，沒能成功。

雖然敵文同夫婦堅持要把兩人分開，但是卻一直沒有法子做到，兩人的手，像是生長在一起了，到最後，實在沒有辦法，兩人的屍體，一起送進焚化爐火葬。

這自然也是這宗交通失事能使報章雜誌不斷詳細報道的原因。

還有許多報道，雙方家長互相指責對方。而令得敵文同夫婦怒發如狂的是由於兩人一起火化，骨灰全然無法分得開，兩家各分了一半，自然是兩人共同的骨灰，這又加深了敵文同夫婦的悲痛和恨意，難怪陳長青提及如今登廣告的少女，可能是王玉芬轉世，敵文同夫婦的反應加斯強烈！

看完了所有資料，我和陳長青兩人，呆了半晌，說不出話來。

過了好一會，陳長青才喃喃地道：「這……真是……他們……的來生之約，一定是在他們自知不能活了，才訂下的！」

我皺着眉：「真令人震慄，想想看，他們互望着，流着血，沒有人發現他們，在這樣的情形之下，眼看生命離自己愈來愈遠——」

陳長青不由自主發抖，我也停住了不再講下去，因為這種情形，真是太悲慘了。

死亡，如果猝然發生，在極短的時間內就完成，那並不如何可怕，可是，像敵家健王玉芬這樣的情形，那真叫人一想起就遍體生寒。

現在，該說說為什麼一開始看資料，我和陳長青就大吃一驚了。

應該說，首先吃驚的是我，看到了王玉芬父母的名字：王振強、趙自玲。這兩個名字，一點也沒有什麼特別，我吃驚的原因是，各位還記得一開始時記述的那不斷的來信，「不知如何才好的父母」嗎？在這個署名之後，有着簽名，正是王振強和趙自玲。在他們附來的回郵信封上，收信人是王振強、趙自玲！

我自然也立時想起，他們的信中，曾提及「我們已經失去過一個女兒」，當然就是王玉芬！

陳長青因為不知道我收到過這樣的來信，所以，這兩個名字，對他來說，一點意義也沒有，不會引起任何反應。但是，我們看到了王玉芬的照片，都怔住了。

陳長青「啊」地一聲：「這女孩子，我肯定見過。」

照片中的王玉芬，看起來瘦削而清秀，我立時道：「你當然見過，我也見過，就在我們離開住所時，在對街留意我們的那個女孩。」

陳長青「啊」地一聲，驚愕莫名：「對，至少，兩個人極其相似，我不知道一個人的前生和今生，連容貌也會相似。」

我道：「我也不知道會有這種情形，但是我相信，其間一定還有我們不明白的曲折在。王玉芬的父母，最近一直在寫信給我——」

我把王玉芬父母的來信，向陳長青提了一下，陳長青用力一拍桌子，令得資料室中的其他人，向他怒目而視，他立時壓低了聲音：「那少女，是他們的另一個女兒：王玉芬的妹妹，王玉芬的今世，就是她自己的妹妹，姊妹兩人，自然相似。」

我也不禁「啊」地一聲：「不必麻煩我們的郭大偵探了，我想，白素已不知和那少女談過多少話了，我們趕快回去吧。」

陳長青極其興奮，草草把其他的資料看完，我則去打了一個電話給白素，白素一聽得我的聲音，就道：「你快回來。」

我立時道：「留住王小姐，別讓她走。」

白素的聲音略現訝異：「你知道她在，那不足為奇，怎麼知道她姓王？」

我道：「說來話長，我已經知道了很多，我和陳長青立刻就趕回來。」

白素道：「那最好，我雖然已請她進屋子，可是她堅持要見了你才說一切。」

我放下電話，就歸還了資料，仍然由陳長青駕車，趕回家去。一進門，就看到白素和那少女對坐着，看來那少女仍然沒有說過什麼。一看到了我和陳長青，略帶羞澀地站了起來，欲語又止，白素道：「這位，是王玉芳小姐。」

我和陳長青互望了一眼，姊姊叫王玉芬，妹妹叫王玉芳，再現成都沒有。

王玉芳還是沒有說什麼，白素道：「王小姐說她有非常為難的事情，說出來，絕不會有人相信，所以，她不好道如何說才好。」

我望向王玉芳，沉着地道：「一個人，帶着前生的記憶，再世為人，其實並不太奇特，怎麼會沒有人相信？」

我這兩句話一出口，王玉芳陡然震動了一下，一時之間，不知所措之極。任何人，心中深藏着的秘密，以為絕沒有人知道，突然之間，被人講了出來，都會有同樣的反應。白素聽了，倒並不怎麼吃驚，因為她一定早已知道，王玉芳的父母，就是寫信給我們的人，在信中，曾提及他們的女兒，像是有着前生的記憶。

看到了王玉芳不知所措，白素過去，輕輕握住了她的手，和她一起，坐了下來。

王玉芳也握緊了白素的手，身子微微發着抖，我和陳長青都不出聲，等她的精神回復正常。

過了好一會，她才吁了一口氣：「我其實早應該找你們，但是……我想，發生的事，這樣驚世駭俗，根本不會有人相信……唉，可是我實在太想念家健，又沒有法子找到他，所以……所以……」

陳長青立時道：「你放心，我們一定盡力，為你把家健從茫茫人海中找出來。」

王玉芳向陳長青投以感激的眼色。白素對於事情的前因後果，還一無所知，但是她就是有這份耐性，一點也不急着發問。

我輕咳了一下：「那次意外的經過，當然極痛苦，不過是不是請王小姐可以憶述一次？」

王玉芳低下了頭，像是在回憶，又像是在深思，我趁她還沒有開口，把她的情形，簡略地向白素講述了一下。本來，王玉芳的前生是王玉芬，這還只不過是我和陳長青的假設，但是在一見到玉芳之後，三言兩語，這一點已成為肯定的事實了。

白素聽我說，王玉芳也抬眼向我望來，等我說完，王玉芳搶先道：「衛先生，你怎麼會想得到的？」

我作了一個手勢：「推測得來的結論。」

王玉芳的神情有點激動，又過了好一會，她才開口，聲音聽來，卻又十分平靜。

她道：「出事的那天……我意思是指出事時，其實是家健在駕車。我開着車子離開，沒有多久，就發覺我不會駕駛，無法控制車子，家健幫我停了車，我們互相換了位置，就由家健駕車。我們準備在附近兜一個圈子，就回家去。家健很喜歡開車，也喜歡開快車，敵家伯伯絕對不許他開快車，他對我說了，可是一面說，一面卻把車子愈開愈快。

「我和家健都年輕，其實我們都不覺得開快一點有什麼不好，我一面提醒他，車子愈來愈快，一面還不斷地笑着。

「而就在這時候，有一隻口中銜着小貓的大貓，突然自山邊竄出來，家健若不想避開他們，也就沒有事了，可是他卻想避開，車子一扭，就失去了控制，衝出路面，衝向懸崖。

「一切，全在一剎那之間發生。我時時在想，那隻根本不知道是從哪裏來的野貓，早半秒鐘竄出來，或是遲半秒鐘竄出來，就什麼事也不會發生了。可是牠偏偏在這個時候竄出來，我和家健兩個人，就因為這樣偶然的一件事，而一切都改變了，這或者可以說是命運吧，唉。」

王玉芳的聲音很清脆動人，她緩緩地敘述，神情有一種說不出來的哀切。

這時，她在憶述着當日發生的事，當日事件的經過，根本沒有別人知道，但王玉芳自然知道的，因為她的前生是王玉芬，是當日在車子中的兩個人之一！

第三部

死也不放開　生也不放開

王玉芳略停了停，舔了一下唇：「那一霎間的事，真是記不得了，我只記得一下劇烈的震盪，一定有一個極短暫的時間，失去了知覺，然後，就是痛楚，四肢百骸，裏裏外外，沒有一處地方不痛，再然後，我就看清楚了自己的處境，我全身懸空，只有一隻手被家健緊握着，我做的第一件事，就是抬起另一隻手來，抓住了家健的手腕。」

這些經過，我和陳長青都知道，但這時由「當事人」親口說出來，聽來還是極之驚心動魄。

王玉芳的身子震動了一下：「那時，鮮血自我頭上不知什麼地方流下來，稠膩膩的，令得我視線模糊，但是我頭腦都還十分清醒，我立即看清楚了家健的處境，家健的身上各處，也在不斷冒着血，樣子可怕極了，他的一隻手臂，緊緊勾在樹枝上，他在上，我在下，自他身上湧出來的血，一串一串，灑在我的身上，當時，我只看到他的口唇在動，完全聽不到他的聲音，但忽然之間，我的聽覺恢復了。

「我聽得他用嘶啞的聲音在叫：『玉芬，千萬不要鬆手，支持下去，支持下去。』我喉頭一陣陣發甜，無法出聲，只好點着頭。

「這時候，什麼聲音都聽到，自他身上流下來的血，濺在我身上的「啪啪」聲響，聽起來真是可怕。我也聽到下面的海濤衝擊，公路上有車子疾駛而過。我們開始叫喚，可是我們的聲音不大，在路面上經過的車子，又看不到我們，所以根本無法聽到！

「我知道這樣下去，絕不是辦法，家健用盡了氣力，想把我拉高一點，使我也可以抓住樹枝，可是他真是用盡氣力了，一點也沒能拉動我，我還是懸在空中，我忽然哭了起來，出事之後，我直到這時才哭，淚水……和着血一起湧出來，我哭着：『家健，放開我，讓我跌下去，你可以自己攀上去求救。』我一面說，一面鬆開了抓住他手腕的手。

「可是，我們的另一隻手，卻手指交纏着，緊握在一起，他不放手，我無法鬆得開，而他又是握得這樣緊，這樣緊……」

陳長青聽到這裏，長嘆了一聲：「握得真緊，沒有力量可以使你們互握着的手分開來。」

王玉芳震動了一下，低下頭去，我們都沒有催她。

過了好一會，她才又緩慢地開始：「奇怪的是，當時我們都知道，生命在漸漸遠離，可是我們的心境，卻十分平靜，連身上那麼多處傷口，也不覺得十分疼痛。開始，我們都認為是可以獲救，但是隨着時間的過去，血不斷湧，我們都知道沒有希望了。

「這一段過程，有好幾次，耳際變得什麼聲音也聽不到，只聽到血在流，我不斷地在講：家健，放開我，你自己爬上去，放開我，你自己爬上去。可是我不能肯定我在實際上，是不是有聲音發出來，那情形，就像是一個十分真實的夢境。可是有幾次，我用盡了氣力在叫，總是發出聲的，因為我突然聽得家健說：不放開，不放開，死也不放開，生也不放開。

「我一聽得他這樣說，想睜大眼，把他看得更清楚一點，可是不論我如何努力，看出去，他總是模模糊糊，看不清楚，我們認識了一年多，雖然互相都知道深愛着對方，但是他不是一個熱情奔放的人，從來也沒有那麼強烈地向我表示愛意。

「當時，我只覺得心血沸騰，似乎又多了力量，我立時道：『好，家健，我們來生也要在一起』。家健道：『你去投你的胎，我投我的，我們來生要在一起，一能行動，就要相會。』

「我道：『是，不過……來生是什麼樣的？』家健道：『我也不知道，但是總有來生的，如果沒有，那太悲哀了！』

「我知道他還說了一些什麼，但是聽不清楚，生命已遠離我，我知道自己快死了，死了之後怎麼樣，完全不知道，心裏十分恐慌，但是我卻牢牢記得和家健的來生之約，我相信他也一定記得。我最後聽到有很多人在叫，大約是那群青年人發現我和家健時發出的呼叫聲。」

王玉芳講到這裏，又停了下來。

這時，我、白素和陳長青三人，都相當緊張。王玉芬死了，她轉世，變成王玉芳，其間的過程如何？如果王玉芳有全部記憶，那將是研究前生和今生、研究轉世珍貴之極的資料。

王玉芳這時，清秀俏麗的臉上，現出十分迷惘的神情。

她向我們每人看了一眼，才道：「喪失了最後知覺之後，一直到又恢復了有知覺，這其間，究竟發生了一些什麼事，我只是一片空白。」

我「啊」地一聲，明顯地表示了失望。

王玉芳搖着頭：「我沒有像一些書籍中所寫的那樣，感到自己進入了一個光環，聽到了音樂；也沒有感到自己向上升去，看到了自己受傷的身體，什麼也沒有。就像是倦極了，自然而然入睡，等到一覺醒來，已經是另一個境界，甚至連夢境也沒有。」

我嘆了一聲：「身體和靈魂之間的關係最難測。似乎每一個例子都是個別的，沒有一定的規律，每個例子，都有不同的遭遇。」

王玉芳沒有表示什麼意見，白素道：「你父母說你不到一周歲，就會沉思，你感到自己『一覺睡醒』，是什麼時候？」

王玉芳道：「小時候的事情，真是不記得了，只記得一直在想：有一件事很重要，一定要記起它來，可是怎麼也記不起，等到有一天，突然想起了我和家健的約會時，我已經十歲，一想起了這件事，所有的往事，都在極短的時間之中，一起想了起來。

「我又害怕又興奮，雖然親如父母，我也半個字都不敢透露。我父母覺得我自出生以來就有點怪，那可能只是我下意識的行動。

「回復了記憶之後，第一件事，就是到圖書館去找當年的資料，知道了我和家健死了之後的一切經過。

「在我們十周年的忌辰，到了家健的家中，我不知道自己是何以會轉世成為自己的妹妹，或許，在我死的時候，我母親正懷孕，而我的意識是要回家，所以，靈魂進入了當時的胎兒中。」

王玉芳說到這裏，用詢問的目光望着我。

我攤了攤手：「或許，沒有人知道在什麼樣的情形下，靈魂和肉體相結合。」

王玉芳嘆了一聲：「我去的時候，我多麼希望家健已經在了，變成了他自己的弟弟，或是他的鄰居，可是我失望了。由於我知道敵伯伯和敵伯母恨我切骨，我自然絕不敢講自己是什麼人，我只希望能見到一個和我應該差不多年紀的男孩子，而且我絕對肯定，只要我們一見面，就可以互相知道對方是什麼人，不論他的樣子怎麼樣，我們之間的愛情都會延續下去。

「那次從敵伯伯家中回來，我知道家健沒有『回家』，情形和我有所不同，那我就得費功夫去找家健。可是一個十歲的小女孩，行動沒有太多自由，我已經盡量有時間：我根本不上學——這是父母認為我古怪之極的原因之一。

「我也不做其他小女孩做的事，因為在形體上，我雖然只有十歲，但實際上，我的智力超越了年齡，我盡一切可能找家健，愈是人多的地方，我愈是去，我有信心，就算是幾萬人的場合，只要他在，我一下子就可以認出他來。

可是，一年又一年過去，我一直沒有找到他。」

王玉芳的神情，愈來愈是黯然，聲音也愈來愈低沉。陳長青嘆了一聲：「王小姐，你應該考慮到，再生的家健，可能在地球的任何角落，不一定就在本地。」

王玉芳道：「我自然想到過，可是……我有什麼能力……在全世界範圍內找一個人？登了那麼久廣告而沒有迴響，我已經知道他不在本地，所以，我才……才想到了衛先生……想請他幫助，可是……實在不知道如何開口才好。」

我還沒有回答，白素已經道：「你放心，我們一定盡一切力量幫助你。」

王玉芳神情感激，眼神之中，充滿了期望。這種情景，本來十分感人，但是我由於想到一個關鍵性的問題，對整件事，感到並不樂觀，所以我只是保持着沉默。

陳長青十分起勁，就他所知，向王玉芳解釋前生和今生之間，可能出現的種種不可預測的情形，但是他只講了一半，就有點臉紅耳赤地住了口，因為王玉芳雖然聽得很用心，但是在應答之間，很快就令陳長青明白，她在這方面的所知，多過他不知多少。

這很正常，因為王玉芳本身，有着前生的記憶，她自然一直在留意有關方面的書籍、報道和資料，陳長青怎能及得上她這方面知識的豐富？

我想了好久，才道：「其實，你可以向你父母說明這一切，你父母一直在寫信給我們求助。」

王玉芳現出了遲疑的神色來，嘆了一聲：「我已經盡量使自己正常，可是看起來還是怪得很。我不向他們說明自己的情形，一則，是由於事情本身，太驚世駭俗；二則，敵伯伯他們恨我，我父母也恨透了家健，如果他們知道我在找尋家健，一定會反對和阻撓。」

我不禁有點駭然：「不會吧，他們知道你再生了，就不會恨家健了。」

王玉芳搖着頭：「很難說，我再生了，他們自然喜歡，但是他們一定會想：原來應該有兩個女兒，現在只有一個，還是失去了一個女兒。」

王玉芳的這幾句話，不是很容易理解，但卻又是實在的情形。這情形多少有點特別，因為王玉芬轉世，恰好是降生在自己家裏，那就會令她的父母覺得始終是少了一個女兒。

如果王玉芬轉世，生在別人家裏，長大了之後又回家，那麼她的父母自然高興不盡。

白素「嗯」地一聲：「是的，普通人不容易接受你的經歷，暫時不必說，等找到了家健，再說……或者根本不說都可以。」

陳長青問：「王小姐，你說，就算是幾萬人的場合，只要他在，你就可以指出他來？」

王玉芳蹙着眉：「我只能說……我感到我可以做到這一點。」

陳長青吸了一口氣：「你的感覺，無疑十分強烈，那麼，你是不是感到他已轉世？還是他可能根本沒有轉世？」

這個問題十分重要，因為如果敵家健根本沒有轉世，王玉芳自然找不到什麼。

而靈魂不轉世的例子極多，極有可能。

可是，對於這個嚴重的問題，王玉芳連想也不想，就道：「他一定已經轉世，我的前生記憶恢復，我就有強烈的感覺，感到他活着，在不知什麼地方，活着。」

王玉芳說得如此肯定，這令陳長青感到十分興奮，他一直希望事情有一個美滿的結局，看來，他準備傾全力去幫助王玉芳，去尋找轉世後的敵家健。

他滔滔不絕說了許多計劃，包括在全世界各地報章上刊登廣告，而且拍拍胸口，說這些事，都可以交給他來辦理。

王玉芳自然十分感激，我們又談了一會。本來，我以為可以在王玉芳的經歷之中，得知一個人轉世的詳細經過情形。但是根據王玉芳的敘述，我自然失望。而且我相信王玉芳所說的是實情，她沒有理由對我們隱瞞什麼。

生命本身極其複雜，到現在為止，雖然各方面都在盡力研究，可是所得的真實資料極微，尤其在有關前生、今世、轉世這一方面。

兩生之間，經過了什麼樣的過程，如何從一生到另一生，這其間的詳細情形如何，卻沒有人可以講得出來，就像王玉芳所說的那樣：倦極而睡，等到一覺睡醒，已經是另外一個局面了。

在「熟睡」中，當然一定曾有許多事情發生，但是連當事人都無法知道，旁人更是不得而知了。

生命的奧秘，或許也在於此，若是一切過程盡皆了然，生命還有什麼秘密可言？

談了一會，白素建議王玉芳和我們保持經常的聯絡，並且，不必對她父母提起曾和我們見過面。王玉芳一一答應，白素送她到門口後回來：「事情真是奇妙之極。」

我道：「奇妙？但是我卻認為不是很妙。」

陳長青立時一瞪眼：「為什麼？」

我早就想到了一個關鍵性的問題，所以立時道：「為什麼只是轉了世的王玉芬在找尋敵家健，轉了世的敵家健，何以不尋找王玉芬？」

陳長青道：「你怎知道他不在找她？或許，在巴西的里約熱內盧，有一個十七歲的青年，正肝腸寸斷，在尋找他前生的情人。」

我搖頭：「你這樣說法，極其不通，敵家健若是轉世到了巴西，他何必尋找，逕自到這裏來就可以了。」

陳長青怔了一怔：「他又怎知王玉芬轉世之後，還在她原來的家庭之中？」

我道：「關鍵就在這裏，他不知道，但是他至少該回來看看，王家可有什麼巴西青年、岡比亞青年、印度青年出現過？不論他現在變成什麼樣子，王玉芳都可以一下子就認出他來，但他沒有來過。」

陳長青雖然一心要美滿的結果，但是這個關鍵性的問題，他未曾想到，而且，那無可反駁。

白素遲疑了一下：「或許，轉世的敵家健，由於不可知的原因，未曾恢復前生的記憶？」我點頭：「這是最樂觀的推測。」

陳長青叫了起來：「衛斯理，你想推測什麼？」

我嘆了一聲：「我不知道，真的，無從推測起，有幾百個可能。」

陳長青沉聲道：「我們應該相信王玉芳的感覺，她說她感到敵家健已然轉世，好好活着，只是不知道在什麼地方。據我想，我們由近而遠擴大開去，我要去見一見你那個大偵探朋友，叫他不必去找那少女了，在敵文同住所附近，去找十七歲左右的男孩子。」

我笑：「怎知道一定是男孩子，女孩子不可以麼？我不認為在轉世的過程之中，靈魂有自由選擇身體的自由。」

陳長青道：「女孩子也不要緊，她們一樣可以——」

他沒有說下去，停了一停，又道：「我還要到生死註冊處去查，查一切十七年前出世者的紀錄。」

我嘆了一聲：「看來非這樣不可了。」

陳長青說做就做，我把他介紹給了小郭，小郭的偵探事務所，動員了三十名能幹的職員去查這件事，在敵文同那屋子附近，十六七歲的少年，都找了出來，陳長青還約了王玉芳，一起去看訪那些人。

可是一連十天，一點結果也沒有。

十天之後的一個晚上，陳長青和王玉芳，一起來到我家裏，王玉芳的神情，十分憂鬱，白素安慰她：「才找了十天八天，算得什麼，玉芳，你得準備十年，甚至更長的時間去找他。」

王玉芳陡然間：「為什麼只是我找他，而他不來找我？」

她也覺察到這個關鍵性的問題了。白素向我望了一眼：「可能他受到了環境的限制，不能來找你，或者，他在找你，你不知道。」

王玉芳低嘆一聲：「家健要找我，其實很容易，他只要到我家來就可以……他一來，我就可以知道他是誰，奇怪的是……是……」

她講到這裏，遲疑着沒有說下去，我道：「你想到什麼，只管說，我們相信你的感覺極其敏銳，尤其對家健，有超乎尋常的敏銳。」

王玉芳吸了一口氣：「這十天，我一直在家健的家附近，我有強烈的感覺，他不會在別處，就在那裏，一定就在那裏。」

我們都不出聲，因為感覺再強烈，也只是她的感覺，別人無由深切體會這種感覺是什麼樣的。

王玉芳的神情有點焦急，她略為漲紅了臉：「真的，這種感覺，在我十歲那年，到敵伯伯家去的時候，我就有了，我甚至感到他……就在原來的家。」

我「啊」地一聲：「會不會他一直未曾轉世，還以靈魂的狀態存在，那就容易使你有這種感覺。」

王玉芳道：「不會，如果那樣，就應該我在何處，就感到他在何處，為什麼我會感到他就在原來住的地方呢？」

王玉芳說得如此肯定，十分詭異，我們互望着，雖然對於靈魂、生命，我們都有種種假設，但其中真正情形如何，我們都不知道，所以也無從發表任何意見。

王玉芳向陳長青望了一眼：「像今天，我兩次經過敵家花園的圍牆，我就覺得家健就在圍牆內。可是陳先生卻要我離去，他說我和玉芬長得很像，敵伯看到了我，會對我不利。」

我道：「長青，這就是你不對了，玉芳始終要和他們見面的。」

陳長青嘆了一聲：「敵文同的情形，你見過，他若是知道玉芬已經轉世，家健卻還沒有着落，只怕他立即就會發瘋。」

白素搖頭：「這不是辦法，玉芳如今有這樣強烈的感覺，我看，明天我們索性帶着玉芳，一起去拜訪敵文同。」

我立時表示贊同，陳長青望向王玉芳，王玉芳也點了點頭，陳長青扭不過我們三個人，就向王玉芳道：「好，明天早上，我來接你，準十點，我們在敵家的大門口見，一起進去。」

決定了之後，陳長青送王玉芳離去，白素忽然道：「找不到轉世的敵家健，陳長青和王玉芳，其實倒是很好的一對。」

我脫口道：「什麼很好的一對，陳長青大她那麼多。」

白素笑了起來：「大那麼多？把王玉芬的一生算上，王玉芳比陳長青還大！」

由於王玉芳的情形是這麼怪異，她和陳長青之間，究竟誰大誰小，也真難以計算。

我沒有再說什麼，只是道：「希望她那種強烈的感覺，真的有效。」

白素沉思着，我們又討論了一下轉世的種種問題，就沒有再談論下去。

第二天早上，我和白素駕車向敵家去，到了敵家門口，看到陳長青和王玉芳已經到了，車停在牆外，兩人在車子裏，見了我們，才一起出來。

王玉芳很有點怯意，陳長青在不住地給她壯膽，我們先約略商議了一下，推我去和敵文同夫婦打交道。於是我們按門鈴，敵文同走出來開門，鐵門打開，我們一起走進去，敵文同一看到了王玉芳，就陡地一呆，剎那之間，連面上的肌肉，都為之顫動，目光定在她的身上，再也移不開。

王玉芳的神情也很奇特，本來，她大有怯意，可是進了花園，她整個人都像是變了，變得四周圍發生的事，看來與她完全無關，她全神貫注，緩緩地四面看着，口唇微顫，但是又沒有發出什麼聲音。

敵文同終於忍不住，用冰冷的聲音問：「她是誰？」

我笑着：「敵先生，先進去再說。」我一面說，一面示意王玉芳也進去。可是王玉芳不知專注在什麼事上，她竟全然未覺，直到白素碰了她一下，她才道：「我……想留在花園，讓我留在花園裏。」

她的神態，有一股莫名的怪異，我們互望了一眼，不便勉強她，就由得她留在花園中，其餘人一起走向屋子。敵文同的神態，始終極其疑惑。

一直到進了他的書房，敵太太也來了，敵太太先在屋子門口，向王玉芳望了幾眼，她道：「那個女孩子，就是那個……一定就是她。」

敵文同臉色鐵青，盯着陳長青，我道：「誰也不准亂來，敵先生，發生在這女孩身上的事，同樣也可能發生在家健的身上。」

聽到提及了家健，他們兩人的神態，才比較正常。但還是充滿了疑惑。於是，我就先從汽車失事時，是由敵家健在駕車開始講起，才講了一半，他們兩人就齊聲問：「你怎麼知道？」

我就是等着他們這一問，我立時告訴他們，那是王玉芳說的，而王玉芳，就是王玉芬的轉世，他們以前曾見過的那個「奇怪的小姑娘」，和近月來刊登廣告的少女，就是她。

敵氏夫婦的神情激動莫名，敵太太厲聲道：「把她趕出去，趕出去。」

敵文同四面團團亂轉着，一面叫道：「打死她，打死她。」看他的動作，像是在尋找什麼工具，以便把王玉芳打死。

我由得他們去激動，自顧自說着：「本來，我們不想帶她來的，但是，她有強烈的感覺，感到家健也已經轉世了。」

敵文同失聲叫：「她是什麼東西，家健要是轉世了，我們是他的父母，應該最先知道。」

我冷冷地望他們：「她是一個轉世人，有着前生的記憶，或許這就是使她能感到家健已經轉世的原因。你們有前生的記憶嗎？你們沒有這種能力！」

兩人給我說得啞口無言，但是憤怒之情，絲毫不減，直到我又說了一句話，他們兩人才陡然震動了一下，一時之間，現出了不知所措的神情。

我講的那一句話是：「她不但感到家健已經轉世，而且感到他就在這裏附近。」

他們震呆了片刻，敵太太首先哭了起來：「家健早就轉世了？在這裏？他為什麼不來見我們？為什麼？他難道不知道我們是多麼懷念他？」

敵太太一面哭着，一面抽噎地說着話，敵文同也跟着眼紅了起來。

他把手放在妻子的手上，語言哽咽：「別這樣，我才不相信什麼前生來世的鬼話，家健……不是一直在陪着我們嗎？那玉像……和家健在生時，又有什麼不同？看起來，還不是活生生的家健？」

這時，聽得敵文同這樣説，我也不禁怔了一怔，那座玉雕像，毫無疑問，充滿了生氣，但是無論如何，那不是一個活生生的人。

若是説，敵家健轉世，他前生的生命，進入了那座玉像之中，這實在是太不可思議了。

雖然在各種各樣的傳説之中，人的生命和美玉之間，有着極其密切的聯繫，但是，人的生命進入了玉之中，這實在難以想像！

我無比疑惑，向白素望了一眼，白素和我在一起那麼久，早已到了不必什麼言語，就知道我在想些什麼的地步，她看到我向她望去，緩緩搖頭，低聲道：「靈魂……不見得會進入玉像之中。」

陳長青也陡然震動了一下，剎那之間，他也想到我們在討論的是什麼問題了，他立時道：「很難説，曾有一個靈魂，在一塊木炭之中！」

敵氏夫婦卻全然不知我們在討論什麼，仍是自顧自一面抽噎，一面不斷説着懷念家健的話。我向白素和陳長青兩人，使了一個眼色。

因為，我們既然想到了有這個可能，總得盡力去求證。

如果敵家健的轉世，使他成了一座玉雕像，那麼，在有些地方，倒是可以講得通的，例如他為什麼一直沒有主動去找轉了世的玉芬，玉像畢竟不是活生生的人，玉像有口，可是張不開來，玉像有腳，可是不能動。

自然，也有神話故事之中，玉像、銅像，甚至是木像會變成活的例子，但是實在很難想像，一座玉像，如何真會活動。

我一面迅速地轉着念，一面急步向外走去，才一到大廳，我就看到了王玉芳。王玉芳站在敵家健的雕像之前，怔怔地望着那雕像，紋絲不動。看起來，她這樣站着，已經很久了。

她是那麼專注地望着那座玉像，整個人都靜止，極度靜止，甚至使人感到她非但沒有呼吸，而且連體內的血液也凝結！

她的那種靜態，給人的印象是，站在那裏的王玉芳，根本也是一座雕像，而且，有生氣的程度，反倒不如敵家健的玉像。

我一看到了這種情形，立時止步，緊跟着我出來的是白素、陳長青，然後，才是敵氏夫婦。他們兩人一看到王玉芳在玉像面前，張口就要呼喝。

他們一張口，我和白素一起出手，一邊一個，按住了他們的口，不讓他們出聲，同時，陳長青也以極嚴厲的眼光，盯住了他們，我唯恐他們還要蠻來，用極低，但是極嚴厲的聲音道：「別出聲。出一下聲，我就絕不客氣。」

或許是由於我的語氣實在嚴厲，或許是由於眼前的情景，令得他們也感到不出聲為上，所以，他們一起點了點頭。

我和白素鬆了一口氣，放開了手，他們果然沒有出聲，只是喘着氣。我再向王玉芳望去，王玉芳仍然一動都不動地站在玉像面前。我們都跟着一動不動，注視着事態的發展。過了好久，我雙腳都因為久立，而略感麻木，才看到王玉芳的臉上肌肉，顫動了幾下，接着，她口唇也顫動了起來，然後，自她的口中，輕輕吐出了兩個字來：「家健。」

這一下呼喚，聲音極低，可是在一下低喚之後，她陡然尖叫了起來：「家健！」

她的尖叫聲徒然劃破了靜寂，令得我們所有的人都大吃一驚。

她在一叫之後，就撲向前去，緊緊地擁住了那雕像，擁得極緊。在那一霎間，由於玉像如此生動，我似乎在恍惚之間，感到玉像也在回擁着王玉芳，我連忙定了定神，自然，玉像還是玉像，一切也沒有動過。

王玉芳抱住了玉像，不住在説着話，聲音急促，但是聽得出來，充滿了喜悅。

她在道：「家健，原來你一直在這裏，我找得你好苦，我知道你一直在，一直在，沒有關係的，我早就説過，不論你變成什麼樣子，我一下子就可以在幾萬人之中，把你認出來，我們終於又在一起了、終於又在一起了。家健，我想你，我要告訴你，這些年來，我是多麼想念你，我……」她緊擁着玉像，我們不約而同，來到可以面對她的位置，只見她淚如泉湧。

但是不論是神情還是語調，卻又實實在在，滿是喜悅和興奮。

她不斷地在説着，到後來，已聽不清楚她在説些什麼，這種情形，若是兩個人相擁着，自然感人之極，可是此際，卻是一個活生生的人，和一座玉像，這就令人有說不出來的詫異。

敵文同夫婦駭然互望，陳長青一連叫了好幾聲，玉芳才不再對玉像說話，抹着眼淚：「謝謝你們，我終於找到家健了，上次我來的時候，竟沒有看到，不然，也不必又等了那麼多年！」

敵文同緩緩向前走去，未到玉像之前，忽然發出了一下低呼聲，神情訝異莫名，急速喘着氣，叫：「快來看，這好像……有點不同了！」

敵太太連忙奔過去，看着玉像，也現出疑訝的神情來。這時，我也注意到了，玉像的臉部，似乎更流動，更有生氣，那種美玉的光輝，在隱隱流轉，以至玉像看來，更像是活的！前一次，我曾仔細的留意過這玉像，可以明顯地感到不同！陳長青也有點怔呆，只有白素，因為以前未曾對玉像注意過，所以沒有比較，但這時，她也為那玉像的生動而感到驚訝。

敵文同的身子簌簌地發着抖，用發抖的手，去撫玉像的臉頰，顫聲道：

「孩子，真是你？孩子——」

他已無法再說得下去，和敵太太兩人，一起去擁抱玉像，連王玉芳也抱在一起，敵文同夫婦互望了一眼，顯然，他們對王玉芳的恨意，就在那一霎間消除了。

轉世了的王玉芬，終於找到了轉世了的敵家健。可是敵家健卻成了一座玉像。

不過王玉芳一點也不在乎，她當天就沒有離開敵家，敵文同夫婦給她整理了一間房間給她住，並且，三個人合力，把那座玉像，移到了她的房間中，王玉芳宣布，那就是她的丈夫，敵家健。敵文同夫婦自然也很高興。可是，另外卻有人極不高興。

首先不高興的是王玉芳的父母，到敵家去大吵大鬧了很多次，可是王玉芳一再表示一切全是她自願，還把她轉世的事說了出來，說這一切，全是命運的安排。

但是她父母仍然不相信，直到王玉芳說，要是不讓她這樣，她就自殺，她父母總算沒有再迫她回家，只是派了好幾個精神病專科醫生，去替她作檢查，而檢查也沒有結果，因為王玉芳除了堅決把一座玉像當作她的丈夫，異於尋常之外，其餘一切，都正常無比。

兩個專家事後找到了我和白素，我問他們檢查的結果如何，以下是兩個專家和我們之間的對話。

專家之一說：「這是一宗罕見的精神分裂症病例，患者完全投入了她自己的幻想之中，而迷失了原來的自己。」

我皺着眉：「你們否定轉世再生。」

專家之二喟嘆：「衛先生，轉世、再生，全是她自己講出來的，沒有任何事實可以證明。」

我反駁：「可是她知道汽車失事時的一切詳細經過。」

專家之一苦笑：「她自小到大，一定不斷地聽她父母講述過關於她姊姊如何意外死亡的事，這件事，對她來說，印象深刻無比，漸漸地，她就把自己當作了是她的姊姊，精神分裂，於此開始。至於失事的經過，既然無從求證，不論她如何幻想都可以。」

白素不以為然：「她何以見了玉像，就肯定那是敵家健？」

專家之二道：「她進入了極度的幻想，自然看熟了敵家健的相片，那玉像，的確十分生動逼真，她既然無法找到家健，心理上再也無法負擔失望的痛苦，就把玉像當作了真人。」

我嘆了一聲：「當時你們不在場，玉像在見到了玉芳之後，神情完全變了。」

兩個專家互望了一眼，過了片刻，專家之一才道：「如果你精神狀態正常的話，那麼只能說當時的氣氛相當動人，所以令你們起了心理上的幻覺。」

我和白素都沒有再說什麼，只怕再說下去，兩位專家要懷疑我們都有神經病了。

送走了兩位專家，我對白素道：「任何事，一經所謂科學分析，就無趣之極，這件事本身，結局雖然這樣怪異，甚至可以說是十分悲慘，但十分浪漫動人。給他們一分析，什麼都完了。」

白素苦笑一下：「或許，他們的判斷是對的？」

我搖了搖頭：「或許，誰知道！」

除了王玉芳的父母之外，另一個極其不滿意的人，是陳長青。

當玉芳伴着玉像，再也不肯見他，他在我家裏，一連醉了半個月，失魂落魄，可是卻又矢口不肯承認他失戀，他大聲叫：「失戀？笑話，要是我爭不過一座雕像，那我算是什麼？」

我和白素都不敢搭腔，都只好希望，隨着時間的過去，會治癒他心中的創傷。

整個故事，大家不妨細細想想，幾乎沒有一處，不是和命運的安排有關！

所以，把這個簡單的故事，拿來作《命運》的附篇。

（全文完）

衛斯理小說典藏版　60

命運

作　　者：　衛斯理（倪匡）
責任編輯：　林詠群　　楊紫翠
封面設計：　李錦興
出　　版：　明窗出版社
發　　行：　明報出版社有限公司
香港柴灣嘉業街18號
明報工業中心A座15樓
電　　話：　2595 3215
傳　　真：　2898 2646
網　　址：　https://books.mingpao.com/
電子郵箱：　mpp@mingpao.com
版　　次：　二〇二二年八月初版
I S B N：　978-988-8828-05-0
承　　印：　美雅印刷製本有限公司